DARIA BUNKO

がんばる王子様♥

高月まつり

illustration❋こうじま奈月

イラストレーション❋こうじま奈月

CONTENTS

がんばる王子様♥ 9
あとがき 240

この作品はフィクションです。
実在の人物・団体・事件などに一切関係ありません。

がんばる王子様♥

ヨーロッパの小国オーデンは、すばらしい自然と遺跡、旨《うま》い料理で、世界中から観光客を集めているが、一年半ほど前は、観光以外でも世界中の脚光《きゃっこう》を浴びた。

ずっと独身で「いったいいつ結婚するの？」と、国民をやきもきさせていたダンディなヘンリー王が事故死。では誰が次の王に即位《そくい》するのかと、国民は悲しみながらもドキドキしながら、連日テレビに釘付《くぎづ》けになった。（オーデン国営放送は、開局して以来の信じられないほどの高視聴率をたたき出した）

そんな折《おり》に現れたのが、遥《はる》か東の島国からやってきた王女と王子の姉弟《きょうだい》。そして、その母。

「一国の国王陛下が事実婚ですと？　なんだそりゃ」……と、最初は滅茶苦茶引いていた国民たちも、黒髪も鮮やかな美しい王女の登場に、「ヘンリー王が親日《しんにち》だったので、私たちも親日です★　日本語も簡単なのなら話せるよ♪」と大いに喜んだが、一緒にやってきた王子様への対応は、きわめて冷ややかだった。

何を隠そうオーデン国では、第一子《だいいっし》でない王子が昔からやたらと反乱を起こし、とにかく国民から嫌われていたのだ。

そんな中、「オマケの王子様」と言われていた可哀相な王子は、持ち前の前向きな性格と、素晴らしい側近《そっきん》たちに助けられ、国民の支持を得ることができた。

姉は即位し女王となり、王子は大公《たいこう》として、現在もオーデンで生活している。

そして。


朝晩がめっきり冷えるようになった。

ここ、ヨーロッパの小国オーデンにも、確実に冬の足音が近づいている。

観光の目玉である宮殿から車で一時間ほど北上《ほくじょう》したところに、故《こ》ヘンリー王が王子の頃に住んでいたシルヴァンサー領《りょう》がある。今は、大公となった彼の息子である理央《りお》が暮らしていた。

領と同じ名を持つシルヴァンサー城は、重厚な石造りだがこぢんまりとした城で、家令《かれい》執事のアルファードが城内のすべてを取り仕切っている。

小柄《こがら》な老紳士アルファードは、優しく、時にユーモアを交《まじ》えて、理央に大公としての振る舞い方や世界標準マナー《プロトコール》を教授し、今では理央のよき友人となっていた。

「おや、ルシエル坊ちゃま。そんなに急いでどこへお出かけですか？　そろそろ理央様が大学からお戻りになりますので、お茶の用意をしようと思っていたのですが……」

アルファードは懐中時計《かいちゅうどけい》を片手に持ったまま、勢いよく階段を駆《か》け上がって行くルシエルの背中に張りのある声を掛けた。

王位継承権《けいしょうけん》を持つウォーリック公爵《こうしゃく》の息子にして、今は理央の側近として働いているルシエル・ヴァート・ウォーリックはぴたりと動きを止めると、バツの悪そうな表情で家令執事を振り返る。

「アルファード。私はもう子供ではないのだから、『坊ちゃま』はやめてくれないか?」

「トマス坊ちゃまと同じことをおっしゃる。……ですが、私にとってはお二人がいくつになっても『坊ちゃま』です」

アルファードは穏《おだ》やかな笑みを浮かべ、「これくらいの頃から存じ上げておりますれば」と、赤ん坊を抱く仕草《しぐさ》をしてみせた。

彼の家系は代々次期王位継承者に仕《つか》え、彼らが王になるための心得《こころえ》や帝王学《ていおうがく》を教授している。

「キングメーカー」という二《ふた》つ名《な》も、家系と共に引き継いでいた。

順位はともかく王位継承権を持っているルシエルも、従弟《いとこ》のトマス・シャイヤと一緒に、幼い頃から何度もシルヴァンサー城に赴《おもむ》き、アルファードから心得を学んでいた。

なのでルシエルとトマスは、アルファードにまったく頭が上がらない。

「……頼むから、大公殿下《でんか》の前でだけは、私のことを『坊ちゃま』と呼ばないでくれ」

プラチナブロンドとすみれ色の瞳に彩《いろど》られた麗《うるわ》しい容貌は、見る影もなく困惑している。

アルファードは微笑を浮かべて軽く頷《うなず》き、ティータイムの用意をするために厨房《ちゅうぼう》へと足を向けた。

そのとき、城の重厚な扉が鈍《にぶ》い音を立てて、人一人がようやく通れる隙間《すきま》を作る。

「た、だ、い、まーっ！」

シルヴァンサー大公殿下こと理央が、隙間からひょっこりと顔を出した。

死ぬほど苦労した甲斐《かい》あって、独《ひと》り言《ごと》以外は英語で話せるようになっていた。

彼は長袖《ながそで》のパーカにジーンズという格好《かっこう》で、本や筆記用具で膨《ふく》らんだショルダーバッグを、斜《なな》め掛けにしている。

日本人の母から譲《ゆず》り受けた黒髪と、オーデン人である父から譲り受けたブルーグレーの瞳。

やんちゃな子供の雰囲気を残した端整《たんせい》な容姿は、人様の前に出しても恥ずかしくない。

しかし今の理央は、ルシエルの姿を視界に入れた途端《とたん》、恐怖に強《こわ》ばった。

「あれ？　アレックスたちとの遠乗《とおの》りは……夕方のはずでは……？」

「大公殿下。護衛《ごえい》はどうしました」

ルシエルは理央の問いには答えず、険《けわ》しい視線で彼を睨《にら》む。

理央は反射的に視線を逸《そ》らし、「宮殿に置いてきた」と蚊《か》の鳴くような声で言った。

その答えに、ルシエルの形のいい眉《まゆ》が片方、ぴくりと上がる。

「オーデンに来てから一年半、大公殿下は、何度護衛から離れられた。まだ庶民《しょみん》のおつもりか。物騒《ぶっそう》な昨今《さっこん》に、そのような勝手な振る舞いは慎《つつし》んでいただきたい」

「でも……その……俺はまだ大学生で……。友達と遊びに行ったり、甥《おい》っ子を見に行ったりしたいわけで……。護衛がいると気になって……ですね」

「そうやって勝手な振る舞いをし、もし誘拐《ゆうかい》されたらどうなさる。身代金《みのしろきん》で国庫《こっこ》が傾《かたむ》きでもしたら、大公殿下は国民に顔向けできません」

ルシエルのキツイ言葉が、理央の胸にグサグサと突き刺《さ》さった。

可哀相に、理央は一言も言い返せないまま唇を尖《とが》らせて俯《うつむ》く。

ルシエルの言うことが正しいのは分かる。だが、穏和《おんわ》な性格の国民が多く犯罪が少ないオーデンで暮らしていると、理央は日本で生活していた頃と同じように「一国民」に戻ってしまうのだ。

街を歩いていても、国民たちは気軽に挨拶《あいさつ》をしてくれるし、大学でも特別扱《あつか》いなどされない。

だから理央は、自分が犯罪に巻き込まれるとはまったく考えていなかった。

これが、幼い頃からオーデンで暮らしていれば、近隣諸国《きんりんしょこく》の情勢がよく分かり、「地位があるといろいろ大変」という自覚が自然と養《やしな》われていくのだが、いかんせん理央は一年半前にオーデンに来たばかり。

「俺は大公殿下」という自覚はあっても、それが危機管理に結びついていない。

とにかく彼は、まだまだ甘かった。

「サンルームでお茶でも如何《いかが》ですか？　理央様、女王陛下のお子様のことをアルファードにもお聞かせください」

アルファードの助け船に、理央は小さく頷く。そして、勉強道具の入ったショルダーバッグを置くため自分の部屋へ向かった。

当然のように、ルシエルも後からついていく。


理央は終始《しゅうし》無言で自分の部屋に入ると、ソファの上にショルダーバッグを放り投げた。

そして、次の間の寝室に入り、豪奢《ごうしゃ》な作りのクロゼットを乱暴に開く。

「大公殿下」

「お茶の時はジャケット着用《ちゃくよう》だって、アルファードさんに言われてるだろ」

理央はムッとした表情のまま、ルシエルの顔を見ずに答えた。

「いつまでそんな不細工《ぶさいく》な顔をしているおつもりか？」

……不細工だとぉ？

理央は頬《ほお》を引きつらせ、物凄《ものすご》い勢いで振り返る。

「どこの誰が、俺にこういう顔をさせてんだっ！」

「私のせいと言われるか？　私は大公殿下を指導したまで」

かーっ！　腹立つっ！　よくもまあ、ツンケンした表情で言ってくれたもんだっ！　このロッテンマイヤーめっ！

理央は心中で大声を上げ、つかつかとルシエルに近づいた。

ロッテンマイヤーとは、有名な少女小説に出てくる厳格《げんかく》なガバネスの名だ。オーデンに来た当初のルシエルの態度があまりにあまりだったので、理央は彼をこっそりと「ロッテンマイヤー」と呼んでおり、それは今でも続いている。

「言い方があるじゃないかっ！　もっと優しく言ってくれれば、俺だってルシエルの言うことを聞こうって気になるっ！」

「またそういう甘い考えを。大公殿下はお幾《いく》つになられた？」

「え？　……ええと……もうすぐ二十二歳」

「オーデンでは十八歳で成人と見なされる」

「そうなんだっ！　知らなかったっ！」

理央がそう言った途端、ルシエルは渋《しぶ》い表情を浮かべた。

「……常識過ぎるようで、誰も教えてくれませんでした。というか、英語を覚えて大学に入ってスキップ進学するのに忙《いそが》しくて、他のことを勉強する暇《ひま》はありませんっ！」

一気にまくし立てた理央は、そこで大きく息を吸う。

「私とトマスで教えたはず。大公殿下が忘れただけです。……二十二歳にもなって、そういうくだらない我儘《わがまま》を言うのはやめなさい。私とて、大公殿下が憎くて厳しくしているわけではない。いつ正式な公務《こうむ》に就《つ》かれてもいいように接しているのです」

理央はルシエルをじっと見上げていたが、そのうち枯《か》れたヒマワリのように頭を垂《た》れた。

「……でも、二人きりの時ぐらいは……もう少し優しくてもいいいと思う」

最初は「教育係」と「オマケの王子様」という関係だったが、ルシエルと理央は紆余曲折《うよきょくせつ》を経《へ》て、誰にも秘密の恋人同士になった。

その関係は今も続いているが、ルシエルの厳しさは相変わらずで、理央は少し寂《さび》しい。

「ルシエルは公私《こうし》を分けろって言うけど……二人きりの時も公のままなのか？　だったら、俺のプライベートはトイレと風呂《ふろ》とベッドの中しかない」

ぽす。

理央は俯いたまま、ルシエルの胸《むね》に頭を押しつけた。

不器用な理央の甘えに、ルシエルは愛しそうに目を細めて微笑《ほほえ》む。

「拗《す》ねないでください」

ルシエルは理央の体をそっと抱き締《し》めた。

理央も急いで彼の体を抱き締め返す。

「俺は……その、いつもベタベタくっついてなくても、時々こうしてくれれば……それで嬉《うれ》しいんだ。そういうのも……甘いのか？　ルシエルの気が向いた時だけプライベートな時間だなんて、そんなの恋人同士じゃない」

そうだとも。なんで俺だけ振り回されなくちゃならないんだ？　俺だって、ルシエルを思う存分振り回したいっ！

理央はルシエルの体を力任《まか》せに抱き締めて文句を言う。

なのにルシエルのため息が頭上から聞こえてきて、理央は眉間《みけん》に山ほど皺《しわ》を寄せた。

なんなんだ？　この男はっ！　俺は甘くて我が儘放題とでも言いたげなため息をつきやがって っ！　……はっ！　もしかしてルシエルは……もう俺のこと。

理央は物凄く恐ろしい考えが頭に浮かび、ルシエルを抱き締めていた腕から力を抜《ぬ》く。

「俺に愛想《あいそう》が尽《つ》きたってなら、さっさと言えよっ！　『だめだ、こいつ』みたいなため息をつくなっ！」

「大公殿下？」

「もういいっ！　離せっ！」

「なぜそんな考えに至《いた》るのか」

ルシエルは、両手を振り回して藻掻《もが》く理央をしっかりと抱き締めたまま、苦笑した。

「笑うなっ！　ああもうっ！　別れたいなら別れてやるっ！　その代わり弁償《べんしょう》しろっ！　俺を弁償しろっ！　一年半分だぞっ！　ルシエルのバカっ！」

理央の意味不明の怒鳴《どな》り声に、ついにルシエルは大きな声で笑い出す。

清々《すがすが》しい声で笑いやがって……。そんなに、俺から別れを切り出してほしかったのか？　は
あそうですか。二人きりになるたびにドキドキしてたのは、俺だけでしたか……。

段々と悔《くや》しくなって、理央は口をへの字にしたままルシエルの胸を拳《こぶし》で叩《たた》いた。

「殿下。私の話をお聞きなさい。大公殿下………、リオ、俺の話を聞け」

ルシエルの、公でない「素《す》」の口調。

理央は、ルシエルのこの口調に弱い。

弱いというか……ルシエルを好きだと自覚したのが、彼が初めてこの口調を使用したときだ
ったので、理央は立派な成人男子であるにもかかわらず、条件反射で「恋する乙女」状態にな
ってしまう。

「なんでそう勝手に話を作るんだ。俺がいつ、リオと別れたいと言った？　俺は毎日平常心《へいじょうしん》
を総動員《そうどういん》して、お前の傍《そば》にいるんだぞ？　なぜか分かるか？」

ルシエルは理央の頬を両手でそっと包《つつ》んで上を向かせた。

理央は、彼の美しいすみれ色の瞳の中に映《うつ》る自分と見つめ合う。

「リオがあまりに愛しくて、気を抜くと自分を制御《せいぎょ》できなくなるからだ」

剛速球《ごうそっきゅう》ストレートど真ん中。

理央の顔が、みるみるうちに赤くなる。

「傍にいれば触《ふ》れたいと思うし、触れてしまったら今度はキスをしたくなる。だがきっと、キスをしたらしたで、もっと多くを望むだろう。そうなったら……仕事にならない」

ごもっとも。ごもっとも……です。ルシエルさん。

理央は首まで赤くして、真剣な表情で愛を語るルシエルを見つめた。

ここまで想われ、言葉で聞かせてもらっておいて、「飽《あ》きられた。好かれてない」と思う人間はいない。

理央は心底安堵《しんそこあんど》すると共に、自分の放《はな》った見当違いの言葉をどう取り繕《つくろ》えばいいのかと動揺《どうよう》した。

それを見透《みす》かしたルシエルは、わざと理央を煽《あお》る。

「ベッドの中であれだけ可愛がってやってるのに、それでも俺の愛が信じられないのか。だったら、俺の愛がしっかりと感じられるように内容を充実させようか？」

「いや……その……充分《じゅうぶん》……満足してます。というか、もう少し手を抜いてくださっても大丈夫ではないかと……」

「ふっ。手を抜くだと？　俺が中途半端なことをするか」

「こっちの体力と体格も考えてくれよっ！　軍人上がりのルシエルとはわけが違うっ！」

理央も幼い頃から武道をたしなみ、合気道《あいきどう》は段位を持っている。

体格も、日本人成人男性の平均よりも立派だ。

しかし欧米人と比べると、東洋人は骨格が華奢《きゃしゃ》で背が低い。理央は半分とはいえ、華奢で小柄な日本人の血を引いており、軍隊の厳しい訓練も受けていなかった。

「それは充分考慮《こうりょ》している。……というか、今頃そんなことを言うなんて、リオは随分《ずいぶん》我慢強いんだな。はは」

それ、笑うところじゃないからっ！　俺は二十年間日本で暮らしてきたんですっ！　そして日本は、セックスについてパートナーへ積極的に意見しませんっ！　いや、もしかしたら積極的な人もいるかもしれないけど、俺は違うっ！　日本人的奥《おく》ゆかしさを持ってますっ！

奥ゆかしいから、当然こんなことを声に出さない。

理央はムッとした顔でルシエルを見上げたまま、心の中でだけ叫《さけ》んだ。

「そんな可愛い顔をするな。今すぐベッドへ連れて行きたくなる」

「え？　下半身に響《ひび》くようなことをすると遠乗りに行けなくなるからだめだ」

「よし。響かなければいいんだな？」

ルシエルは無邪気《むじゃき》な笑顔を見せると、理央の唇に触れるだけのキスをする。

たったそれだけで、理央は体から力が抜けてしまった。

「アルファードさんが……お茶の用意をして待ってる……」

「少しぐらい待たせておいても大丈夫だ」

ルシエルのキスが額《ひたい》や頬に落ちてくる。

理央は体が崩《くず》れ落ちないように彼の体にしがみつき、優しいキスと甘い囁《ささや》きを残さず受け取った。

「結局……俺はまたルシエルに振り回されてる」

「ん？」

「ルシエルの方が強引で我が儘だ。……そういや、初めて会ったときからそうだった」

理央は、ベッドまでの短い距離をルシエルに抱きかかえられながら、小さな声で呟《つぶや》く。

「それを許《ゆる》す大公殿下は、寛大《かんだい》な心を持ち合わせているということだ」

ルシエルは理央をベッドに座らせ、天蓋《てんがい》の支柱《しちゅう》に手を伸《の》ばしてカーテンのタッセルを引いた。

カーテンは滑《すべ》るように揺《ゆ》らいで広がり、ベッドをプライベートな空間へと変化させる。

「公私混同……じゃないよな？　城に戻ってきた段階で、俺はプライベートな時間を過ごしてるんだよな？」

「ご自分で言ったではありませんか。ベッドの中はプライベートだと」

「ルシエルさん。口調がプライベートじゃないデス」

「趣向《しゅこう》を凝《こ》らして、私の愛を再確認していただこうと思って」

ルシエルのすみれ色の瞳が、意地悪そうに光った。

も、猛禽類《もうきんるい》っ！　猛禽類がここにいますっ！

射《い》すくめられた理央は、心の中で悲鳴を上げる。

「さて。どんな風に愛して差し上げようか」

ルシエルはジャケットを脱《ぬ》いでネクタイを弛《ゆる》めると、理央をその場でゆっくりと押し倒した。

「……背中に黒い羽根が見えるぞ。ルシエルって、天使みたいな名前を持ってるくせに最悪じゃないか」

自分でも往生際《おうじょうぎわ》が悪いと思う。だが理央は、照《て》れくささを隠すために、いつもこうして一言二言悪態《あくたい》をついた。

「天使ではないが、フランス語で『Le ciel』は、空を意味する。大公殿下には、是非《ぜひ》とも覚えておいていただきたい」

「へぇ、だから『お空の王子様』か。なるほど。はあー」

ルシエルはオーデン空軍《くうぐん》では戦闘機のパイロットだ。

理央は素直に感心するが、ルシエルは逆に渋い表情を浮かべる。

「単語一つで感心してどうされる」

「フランス語は別に覚える必要ないし。感心してもおかしくないだろ?」

理央は右手を伸ばし、ルシエルの頬を優しく撫《な》でながら小さく笑った。

「そういうわけにはいかない。あなたもご存じのはずだ。外交を担《にな》う王族は、数カ国語を操《あやつ》る」

ルシエルは、理央の着ているパーカのファスナーをゆっくりと下ろしながら呟く。

「そのうちな。今は、そういう話はなし」

理央はルシエルの背に両手を回し、きゅっと彼の体を抱き締めた。

言葉で「やろう」と言えない理央は、いつもこうしてぎこちない態度でルシエルを誘《さそ》う。

「私にどうしてほしいか、リクエストをしていただきたい」

「……え？」

「強引で我が儘な部分を改《あらた》める。これからは大公殿下の望み通りにいたしましょう。さあ、私にどうしてほしいか言いなさい」

どう考えても、脅迫《きょうはく》されているようにしか聞こえないルシエルの申し出に、理央の体がカッと熱くなった。

行為をねだることさえ口にできないのに、どんな風にしてほしいなど言えるはずがない。

「大公殿下」

「ルシエルの……したいように……」

「それではいつもと同じになってしまう。私は、大公殿下がしてほしいと願うことを、すべて行う。それが私の、あなたへの愛の証《あかし》だ」

熱烈な愛の言葉は感動的だが、理央の体は恥ずかしさのあまり汗《あせ》をかいた。

ルシエルの愛撫《あいぶ》を思い出すと心拍数《しんぱくすう》は跳《は》ね上がり、その動きを口にしてねだろうものなら、きっと呼吸を忘れる。軽く死ねる。

理央は何も言えず、ルシエルにしがみついたまま。

「簡単なことだろうに、なぜ大公殿下は黙《だま》ってしまうのか。セックスにおける要求はコミュニケーションツールの一つ。使わずにおくのは勿体《もったい》ない」

「……使ったこと、あるんだ」

「ええ。無理な要求の場合は無視しますが」

「た、例《たと》えば……？」

ルシエルが無視する要求とは、一体何だろう。気になる。物凄く気になる。どんな無理難題《むりなんだい》なんだ？

理央は好奇心に負けて思わず尋《たず》ね、ルシエルは何やら彼に耳打ちした。

「……え？　メイド？　メイド服を着てくれって？　ウソだろ？」

「本当です」

理央は腕の力を緩めると、ルシエルの顔をまじまじと見上げる。

「でも、ルシエルなら女装しても絶対に似合うと思う。水色のドレスなんてどうだ？　肌の色にも合うと思うノ。一度でいいから見てみたい」

「大公殿下がそうお望みなら」

「無視しないのか？」

理央は両手でルシエルの髪を掻《か》き上げ、その柔《やわ》らかな感触を楽しみながら尋ねた。

「私があなたを無視できるはずがない」

ルシエルはふわりと微笑み、理央にそっと顔を近づける。

触れるだけの優しいキス。

続きを待っていた理央は、ルシエルがそっと体を離したのに驚《おどろ》いた。

「先にお茶を戴《いただ》きましょうか」

「へ……？」

ここまでしておいて、簡単なチューで終わりだと？　おいっ！　やる気満々でジャケットまで脱いだ男が、チューで終わっていいのか？　俺だってその気になったっていうのにっ！

理央は恨《うら》めしそうにルシエルを睨《にら》んだが、彼は笑みを浮かべたままネクタイを締め直す。

「Tシャツの上からで構《かま》わないから、ジャケットを着なさい」

ルシエルは理央の体を起こすと、ベッドから腰《こし》を上げてクロゼットに向かう。その中からカジュアルなジャケットを無造作《むぞうさ》に取り出した。

「……俺を振り回して楽しんでるだろ？」

「何か言われたか？」

「人を焦《じ》らすのもいい加減にしろって言ってんだっ！　こっちはルシエルに構ってほしくて仕方ないってのにっ！　エッチだって、ルシエルに満足してるから要求なんて出るはずないっ！

むしろ俺のほうが『寝たきりマグロ』なんじゃないかと心配してるっ！　初めて付き合ったの

がルシエルだから、テクも何もありませんからっ！　はい、ごめんなさいよっ！　そんな感じで、付き合って一年半経《た》ったけど、俺は毎日ドキドキしてんだっ！　俺ってこんなに乙女だったのかと、自分でびっくりさっ！」

ルシエルは目を丸くして口をポカンと開けている。

随分と間抜《まぬ》けな顔だが、それさえも似合ってしまう美形っぷりが天晴《あっぱ》れだった。

理央は偉《えら》そうに胸を張って腕を組む。

「いつもそんな風に想いを伝えてくだされば……」

ルシエルの表情が美形にあるまじきだらしない微笑みに変わった途端、理央は我《われ》に返った。

「わーっ！　わーっ！　わーっ！　今のなしっ！　心の叫びを口に出しちゃっただけだから、忘れてくれっ！　頼むから忘れてくれっ！」

理央は見ている方が気の毒になるほど顔を真っ赤にして、物凄い勢いでルシエルに近づく。

「忘れるなど勿体ない」

「だめっ！　俺の命令です。忘れてくださいっ！」

理央はルシエルからジャケットを奪《うば》うと、全速力でサンルームに向かった。

「……あの可愛らしさには、誰も勝てない」

恋人同士になって一年半も経っているのに、顔を合わせるたびに胸が高鳴《たかな》るのはルシエルも同じだった。

ルシエルは、幸せすぎて緩んでしまう口元を片手で隠し、理央の後を追った。

晩秋《ばんしゅう》の日差しを残らず集めているかのように、柔らかな光が降《ふ》り注《そそ》いでいる。

こぢんまりとした円形のサンルームには、昼寝ができる長椅子《ながいす》と本棚、暖炉《だんろ》の他には、ティータイム用の丸テーブルと椅子しか置いていない。

巨大な花瓶《かびん》に活《い》けられた花だけが、この部屋の装飾だった。

理央は父が愛用していた椅子に腰を下ろし、アルファードが紅茶を入れる様子をじっと見つめている。

優雅《ゆうが》で洗練《せんれん》された動作は、それだけで鑑賞に値《あたい》した。

ルシエルは理央の向かいに腰を下ろし、ジャケットの内《うち》ポケットからメモを取り出す。王室執務室《しつむしつ》に勤めているトマスから預《あず》かってきたものだが、彼にはメモの内容よりも、どうやって理央にフランス語を習わせるかということの方が重要だった。

「大公殿下」

「ん?」

「語学について、少々お話ししたい」

「俺は話したくないです。ルシエルさん」

理央は紅茶に角砂糖を二つ入れ、華奢なスプーンで必要以上に掻き回した。

だがその動作は美しくないと、すぐアルファードに優しく窘《たしな》められる。

「英語をマスターしただけで安心してもらっては困る。大公殿下は、このあとフランス語を初めとするヨーロッパの言語を学ばなくてはなりません」

理央は「そんなの無理」と顔に書き、クリームチーズとカスタードが詰《つ》まったパイを頬張《ほおば》った。

とろりとした濃厚《のうこう》なクリームがサクサクのパイと絡《から》み合って、口の中に天国を作る。

理央は「んー」と感嘆《かんたん》の唸《うな》り声を上げ、フォークを持っていない左手で自分の頬を押さえた。

「殿下」

ルシエルが眉間に皺を作る横で、「ああ」と、アルファードが何かを思い出したような控《ひか》えめな声を上げる。

「どうしたんだ？　アルファードさん」

「ヘンリー陛下《へいか》のアラビア語が、とても美しかったのを思い出しました。あの方も、今のリオ様と同じように『語学は私には無理だ』とおっしゃっていたのですが、気がついた時には親交のある国の言語をマスターしておりました」

「父さんも……語学が苦手だったた？」

「ええ。家庭教師たちの前で、毎日頭を抱《かか》えて苦悩していました。ですが当時、中東カトゥールの第一王子と親しくなったことがきっかけとなり、アラビア語をマスターされたのです。寿命で死んでしまいましたが、アレックスの祖母《そぼ》にあたるアレクシアは、カトゥールの王子から友情の証に贈られた馬なのですよ」

うん、あそこらへんの馬は素晴らしいと聞く……って、何それ。初めて聞いた。

理央は自分のことに精一杯《せいいっぱい》の毎日で、父の生前《せいぜん》のことまで聞く暇がなかったというのが正直な話。

アルファードにしてみれば、語学に興味を持ってもらうために亡き王の話を出しただけだったのだが、理央が目を丸くしたことに逆に驚いた。

「ルシエル様。ヘンリー陛下のことをリオ様に何もお伝えしていなかったのですか？」

「大公殿下は、英語と大学での勉学で精一杯だった」

「なるほど。ではリオ様、これからは私がいろいろとお聞かせいたしましょう」

「是非っ！　俺、父さんのこと……いい王様だったってことしか知らないんだ。今はほら……姉さんが女王だし。しかも立派な跡継《あとつ》ぎが生まれたから、みんな未来の話ばっかりなんだよな。俺は昔のことも……父さんの若い頃の話も知りたい」

理央はそう呟くと、紅茶で喉《のど》を潤《うるお》した。

「リオ様も、ヘンリー陛下のように様々な国の言葉を話せるようになるとよろしいですね」

「ん、そうだな。……そっか、父さんも苦労したのか。……だったら、少し頑張《がんば》れそう」

完全無欠《むけつ》な王様だと思っていた父が、自分と同じように語学に苦労していた話を聞くと、肩《かた》の荷が下りる。安心する。

理央は亡《な》き父にぐっと親近感を覚えた。

「天険《てんけん》フレル山脈の向こうにあるお隣《となり》の国、フランスの言語を学ばれるのは如何ですか？　フランス語を理解できますと、書斎《しょさい》にある料理の本を読むことができるようになります」

「……ああそうか、翻訳《ほんやく》を待たずに料理本を原書《げんしょ》で読めるようになるんだ。そうすれば、俺のレパートリーが増える。それは凄く嬉《うれ》しい。よし決めた。ルシエル、まずはフランス語を勉強するぞ？　教師はルシエルか？　それともトマスさん？　知ってる人がいい」

日本にいた頃は、何もできない母と姉に代《か》わり家事を取り仕切っていた理央は、オーデンに来てからは厨房で腕を振るってストレス解消している。

ついさっきまで渋っていたのはどこの誰やら、理央は笑顔を浮かべてルシエルを見つめた。

さすがはキングメーカー。

ルシエルはアルファードに脱帽《だつぼう》の意を表《ひょう》して苦笑を浮かべ、「私がご教授します」と言った。

「よし。じゃあ、明日から。……そうだ、アルファードさん。姉さん……いやマリ女王が、近々ジミーを連れて会いに来ると言ってた。すっごく可愛いんだ。青い目はパトリックさんそっくりで黒髪は姉さんそっくり。物凄く可愛い」

ジミーとは、理央の姉でオーデンの女王となったマリ女王陛下の息子、ジェームズ王子のことだ。

まだ生まれて半年しか経っていないが、その愛らしさで王宮に勤める人々どころか、国民まで魅了している。

「それはそれは。楽しみにしております」

アルファードは目尻《めじり》に深い皺を刻《きざ》み、心から喜ぶ。

「パトリックさんも一緒に来るって」

「大公殿下。『パトリックさん』ではなく、『ローレル公パトリック殿下』。女王陛下のパートナーをさん付けで呼ぶとは何ごとか」

遙か東の日本からオーデンへやってきた理央が、教育係のルシエルと秘密の愛を深めたように、彼の姉である真理《まり》も教育係だったパトリックと強い愛の絆《きずな》で結ばれた。

パトリックは女王のパートナーになった際《さい》、皇太后《こうたいごう》から亡き夫が治めていたローレル公爵領を引き継ぎ、今ではローレル公パトリック殿下と呼ばれている。

「そうだった。公《おおやけ》の場では『さん付け』はしない。気をつける」

「よろしい」

「名前が変わったり、増えたり、貴族はいろいろと大変だな」

自分も貴族の一員ということを忘れ、理央はのんびり呟いた。

「これでも、マリ陛下が即位される前に比べると、随分と数は減りました」

一年半前。

真理の即位をよく思わない王族たちがクーデターまがいの騒動を引き起こし、関わった者は一人残らず領地没収《ぼっしゅう》の上、国外追放《ついほう》となった。

オーデンの貴族は今までの三分の一以下に減り、没収された城は観光名所に、領土の半分は国民のものになった。

「俺も、大学を卒業したら外交の仕事をするんだよなあ」

「それだけではありません。慈善《じぜん》団体か環境保護団体に入り代表になっていただく。誰からも『オマケの王子様』と言われないように」

「最悪の渾名《あだな》だ、それ。……でも、ま。俺がとんでもない失敗をやらかしたら、姉さんが困る。俺は頑張って好感度を上げていこう。そうすれば、姉さんの二人目の子供がまた男の子でも、普通に祝《いわ》ってもらえる。せっかく生まれたのに『縁起《えんぎ》の悪い王子様』って言われちゃ可哀相だ」

理央は、自分がオーデンに来て味わった辛《つら》い思いを、誰にも味わってほしくない。

「縁起の悪いオマケの王子様」という腹立たしいジンクスを消し去りたかった。

「……ではまず、護衛を追い返すようなことはしないでいただきたい。ご自分がこの国にとってどれだけ重要人物であるか、自覚してほしいものです」

ザクリ、と、ルシエルの言葉が胸に突き刺さる。

理央は反論できずに、しかめっ面《つら》でパイを口に運んだ。


理央は必死にあくびを噛《か》み殺し、フランス語のテキストと向き合っていた。

アルファードに背中を押された形だったが、理央は自分から「勉強する」と言った。

しかし。

だがしかし。

ルシエルが本を読みながら何か言っているが、フランス語なのでさっぱり分からない。

ノートには「zero un deux trois」の数字や、「Bonjour Comment allez-vous? Ca va? Salut Oui Non」などの単語が書いてあるが、眠気と交戦中《こうせんちゅう》なので、ミミズが這《は》っているようにしか見えなかった。

「……と、フランス語はこのように鼻母音《びぼいん》が特徴で……大公殿下?」

ルシエルは理央の顔をそっと覗《のぞ》き込む。

外見よりも若く見える東洋人の血を継いでいるだけあって、理央の顔は目を閉じていると子供にしか見えなかった。

大学から帰ったら、とにかくフランス語の勉強。それが済まないと、アレックスに乗って遠乗りに出かけることはできない。

大学＋フランス語＋乗馬＋プロトコール、さらに週に二度の護身術《ごしんじゅつ》という毎日で、いっぱいいっぱいなのだろう。

理央は、ルシエルと過ごすベッドの中の甘いひとときさえ忘れていた。

「今度は俺が振り回される番か」

あまりに気持ちよさそうな表情で眠《ねむ》っているので、ルシエルは彼を起こすのをやめる。

そのとき、扉をノックする小さな音が聞こえた。

ルシエルは静かに理央の傍から離れると、大股《おおまた》で扉に向かう。

「よ。久しぶり」

扉を開けると、王室執務室に勤務しているトマス・シャイヤが笑顔で立っていた。

「リオちゃんは？　元気？　今日は日本のコミックをたくさん持ってきたんだけど」

「静かにしろ。勉強疲れで眠っている」

ルシエルは、部屋の中に入ろうとするトマスを廊下に押し戻し、後ろ手で扉を閉める。

「何だよお前、せっかく遊びに来てやったのに」

「大公殿下は、本当に疲れて眠っているんだ。起こすな」

「アルファードから聞いたんだけど、リオちゃんって本当にフランス語を勉強してんの？」

トマスは、少年漫画のコミックが山ほど入っているペーパーバッグを床に置くと、ルシエルに尋ねた。

「ああ。当然、俺が教師だ。一年後には完璧にマスターしているだろう」

「どうせならドイツ語かイタリア語にしておけばよかったのに。リオちゃん可哀相」

「何を言うか。フランス語ができるとできないとでは、他国のセレブリティの態度も違ってくるんだぞ？　トマス。お前だって知っているだろうに」

「まあね、英語圏《けん》セレブのステイタスシンボルみたいなもんだからね。……でも俺は、フランスよりドイツの方が好き」

「お前が好きなのは、ドイツではなくドイツ大使の息子だろうが」

ルシエルは、ここでも剛速球ストレートを投げる。

トマスは一瞬口を閉ざすが、拳で彼の胸を軽く小突《こづ》いて「誰にも言うなよ？」と低い声を出した。

「誰が言うか。自分の従弟がゲイだなんて」

「その言葉、そっくりお前に返してやる。リオちゃんと一年半も前から付き合ってるくせに」

「トマス。このコミックは俺が責任を持って預かってやる。用が済んだんだからさっさと帰れ」

リオの寝顔を思う存分堪能《たんのう》したいルシエルは、せっかく訪れたトマスに紅茶も勧《すす》めず追い返そうとする。

　だがトマスはその場に踏《ふ》ん張った。

「リオちゃんにも、そろそろ他国のお友達を作ってあげようと、パーティーを企画してんだよ。正式な公務に就く前に他国の有名人と友達になっておけば、彼のためにもなるでしょ？　この前渡したメモに、リストアップした面白キャラクターの名前を書いてあったの、ちゃんと見た？」

「あー……忘れていた」

　ルシエルは悪びれもせず、簡単に言う。

「勘弁《かんべん》してくれよ。詳《くわ》しい内容とリオちゃんの友人リストをあとでメールしておくから、ちゃんと読んでくれ。じゃあ、またね。愛しの従兄殿《いとこどの》。俺、ハインリヒと待ち合わせしてるんだ」

　トマスはルシエルに投げキスをして、早足でその場から立ち去った。

「トマスめ。弟にシャイヤ家を継がせるつもりか」

　ルシエルは自分のことは棚《たな》に上げ、楽しそうに揺れているトマスの後ろ姿を見ながら、小さなため息をつく。

　そして、コミックの入ったペーパーバッグを片手で軽々と持ち上げ、理央の部屋に戻った。

　理央はあくびをしながら両手をぐっと伸ばしている。

「ごめん、ルシエル。俺、居眠りしてた」

「丁度《ちょうど》席を外《はず》していましたから構いません。トマスが、日本のコミックを持ってきました」

「マンガっ！　……で？　トマスさんは？」

　部屋の中には自分とルシエルの二人しかいない。

　理央は首を傾《かし》げながら立ち上がり、ルシエルに両手を伸ばした。

「トマスは忙しいようで、王宮に戻りました。そして、このコミックを大公殿下にすべてお渡しするわけにはいきません」

「なぜ」

　理央は両方の掌《てのひら》を上に向け、「ちょうだい」のポーズをしたまま眉を顰《ひそ》める。

「フランス語を覚えようというときに、日本語に戻ってどうされる。このコミックは、小テストに合格するたび、『ご褒美《ほうび》』として一冊ずつお渡しします」

　ルシエルの断言に、理央は物凄く悲しい表情を浮かべた。

　彼の言い分はよく分かる。理央のためを思ってしていることも分かっている。

　しかし、頭では分かっていても気持ちはどうにもならない。

「最初にまず一冊読ませてくれれば……俺、すっごく頑張ると思うんだけど」

「努力をしてこそのご褒美です」

「ルシエルのケチ。意地悪。オーデンで日本の本を買うと、信じられないほど高いんだぞ？　かといって、小遣《こづか》いをもっと寄越《よこ》せなんて言えないじゃないか。俺の収入源は、シルヴァンサ

―領の領民が支払う税金の一部なんだから」

理央は、ルシエルに差し出していた両手を未練《みれん》がましく引っ込め、小さなため息をつく。

「渡り鳥になれたら、日本まで飛んでいくんだけどな」

「鳥になることはできませんが、空を自由に舞うことはできると思います」

「それって……」

「私の操縦《そうじゅう》でよろしければ、殿下を戦闘機に搭乗《とうじょう》させることも可能かと」

「ルシエルっ！」

理央は大声を上げてルシエルに勢いよく抱きついた。

その拍子《ひょうし》に、ペーパーバッグの中のコミックが床に散らばるが、理央は見向きもしない。

「絶対だぞ？　絶対っ！　写真を撮って、日本の友達に送ってやるんだっ！　他には……宙《ちゅう》返《がえ》りしたいっ！　そういや俺、しばらくジェットコースターに乗ってないなあ……って、ルシエルは退役《たいえき》したんだろ？　勝手に戦闘機に乗ってもいいのか？」

子供のようにはしゃいでいた理央は、ふと素朴《そぼく》な疑問を口にした。

ルシエルは理央の傍に居続けるため、所属していた空軍を退役したはずなのだ。

「……籍《せき》はそのままにしてくれと、父と上司に頭を下げられましたので、そのままに」

「そうか。でも、練習とかしてないんだろ？　だったら危ないかもな。別のパイロットに乗せてもらうってことにしてもいいぞ？」

理央は余計な気を回し、ルシエルの眉間に皺を増やす。

「失礼な。技量維持《ぎりょういじ》のために一定の飛行時間はクリアしている。それとも大公殿下は、私以外のパイロットと飛行したいと言われるか」

ルシエルは冷ややかな台詞と態度で「私があなたのパイロット」をアピールした。

「何言ってんだよ。ルシエルと一緒がいいに決まってんだろ」

理央は「何を当たり前のことを」と呟き、唇を尖らせる。

ルシエルは満足そうに頷いて、理央の背に腕を回し、彼をそっと抱き締めて微笑んだ。

「えへへ……そうか。俺はルシエルの運転で飛行機に乗るんだ。オーデンを空から見たら、きっと凄く綺麗だろうな」

運転ではなく操縦で、飛行機ではなく戦闘機。

だがルシエルは、理央の喜ぶ顔を見続けていたくて、訂正《ていせい》するのを止めた。

「これって、もしかして最初にもらえる『ご褒美』ってヤツ?」

「……そうですね。フランス語の勉学に励《はげ》んでいただきたいものです」

理央は何度も頷いてから、ルシエルの胸に額を擦《す》りつけて甘える。

「では、床に散らばったコミックを片付けてから、夕食まで勉学に励みましょう」

ああ……このロッテンマイヤーは、飴と鞭《むち》の使い方が上手《うま》くて腹が立つ……っ!

理央は眉間にありったけの皺を刻むと、わざとらしく大きなため息をついた。

彼の心は、すでに天空高く舞い上がっている。

今から勉強をしても頭には絶対に入らない。

「集中力が持たない。別のことをしよう。な？　ルシエル。アレックスに乗るとか、ゲームをするとか、テレビを……」

ルシエルは、理央の提案を乱暴なキスで遮《さえぎ》る。

「ん、ん……っ」

力任せに強く抱き締められたまま、呼吸を忘れたような激しいキス。

理央の口腔《こうこう》はルシエルの舌で執拗《しつよう》に愛撫され、ほんの少しでも動くことを許されない。

心臓は高鳴り、体温は急上昇。ジーンズに押さえつけられた股間《こかん》が苦しい。

ようやく唇を離してもらった頃には、理央は快感に体を支配されていた。

「いきなり……プライベートに突入……すんな……っ」

「別のことをしようと言われたから、そうしたまでだ」

「バカ……っ」

ルシエルの「素」の言葉が耳に心地《ここち》いい。

理央は潤んだ瞳で彼を見上げ、唾液で濡《ぬ》れた唇から甘い吐息《といき》を漏《も》らす。

「リオはどうしたい？」

キスの続きをするか。

それとも、遠乗りにいくか。

ルシエルはすみれ色の瞳を淫靡《いんび》に光らせて、わざと理央に尋ねる。

理央はルシエルから視線を逸らし、蚊の鳴くような声で「続き、する」と呟いた。

「素直でいい子だ。可愛いよ、リオ」

ルシエルは嬉しそうに微笑むと、ジーンズの上から理央の股間をそっと撫でる。

直《じか》に触れてもらえなくてもどかしい。

理央はぎこちなく首を左右に振り、ルシエルの愛撫に抗議《こうぎ》する。

ルシエルは低く笑うと、理央を抱き上げて寝室に向かった。


最初はいつも緊張する。

ゆっくりと押し倒される時間は、特に緊張する。

理央は、気まずさと照れくささと期待が入り混じった複雑な感情を持て余《あま》し、いつも怒ったような顔になった。

「またその顔」

ルシエルは理央を見下ろして苦笑する。

「仕方……ないだろ。……慣れないものは……慣れないんだって……」

「その初々《ういうい》しさがたまらないな。なんて可愛いんだ」

ルシエルは理央に覆《おお》い被《かぶ》さるようにキスをして、彼の下肢《かし》から衣服を取り除く。

理央の下肢はすべてさらけだされ、上に着ていた長袖Tシャツも胸までまくれ上がっている。

ルシエルは、理央の瑞々《みずみず》しくしなやかな体をゆっくりと鑑賞した。

ただ見つめられているだけなのに、理央の胸の奥はキュッと締め付けられたように切《せつ》なくなっていく。

「見られているだけで、ほら……もうこんなになってる」

ルシエルの指が理央の腹筋をゆっくりと辿《たど》り、勃《た》ち上がりかけた雄《おす》を撫でた。

理央は両腕を交差させて顔を覆い、声を堪《こら》える。

けれど、徐々《じょじょ》に開いていく両足を止めることはできない。

まだ愛撫とは言えない指の動きにさえ、理央の体は過敏《かびん》に反応し、早くも蜜《みつ》を滲《にじ》ませた。

そこに、ルシエルの視線を感じる。

美しいすみれ色の瞳に、理央のすべてが映し出されていく。

しっとりと汗ばんでいく肌《はだ》、震《ふる》える腰。未《いま》だ淡《あわ》い色の雄は先端《せんたん》に蜜を溢《あふ》れさせ、こぼれ落ちる前にすくい取ってもらうのを待っている。

「やだ……ルシエル……」

理央はようやく腕を解《ほど》いて彼を見上げ、瞳を潤ませてもどかしい思いを伝えた。

「もっと動いてほしい？」

ルシエルの低い囁きに、理央は何度も首を上下に振る。

「次はちゃんと自分で言えるようになろうな？　リオ」

「ん」

理央はルシエルの首に両手を回して目を閉じた。

柔らかなキス。

だがそれはすぐに終わり、ルシエルのキスは徐々に下がっていく。

顎《あご》から喉、Tシャツの上から胸の突起《とっき》にキス。そして彼は、露《あら》わになっている理央の腹筋にキスをした。

「そ、そこまで……。キスは……そこまで……っ」

理央は慌《あわ》ててルシエルの髪を両手で摑《つか》むが、ルシエルは上目遣《うわめづか》いで理央を見上げ、意地悪く微笑む。

理央は、自分の雄をルシエルの唇で愛撫されるのが嫌だった。

奉仕《ほうし》させる優越感よりも、快感をコントロールされ支配される屈辱感《くつじょくかん》が勝《まさ》る。

恋人同士の営《いとな》みに屈辱があるかと呆《あき》れられても、理央はどうしてもすんなり受け入れられない。なので、ルシエルの唇で雄を愛撫される時、理央はいつも無駄《むだ》な抵抗をした。

しかし相手は、理央を一年半も愛し続けてきたルシエル。

理央の心の内はすべてお見通しだった。

「や……やだって……やだ……っ……」

理央はずり上がって逃げようとしたが、ルシエルにしっかりと腰を掴まれてしまう。

「動くな。せっかくの蜜がこぼれ落ちる」

「知ってるくせに。俺が……それをされるの嫌だって知ってるくせに……っ……あ、ああっ」

ルシエルは理央の言葉を無視して、今にも蜜がこぼれ落ちそうな先端に舌を這わした。

雄を口腔いっぱいに含《ふく》むのではなく、蜜が溢れる先端の縦目だけを舌先で丁寧《ていねい》に嘗《な》めていく。

「あ、あ、あ……っ……」

もっとも敏感《びんかん》な部分を、蜜の放出を急《せ》かすように舌先で突かれると、羞恥心《しゅうちしん》まで快楽に押し倒される。

恥ずかしさよりも気持ちよさが勝り、理央はひくひくと雄を揺らして小さな声で喘《あえ》いだ。

理央の可愛らしい声をもっと聞きたいルシエルは、なおもそこを責めた。

しつこいくらい丁寧に蜜をすくわれ、くすぐるような愛撫を延々《えんえん》と続けられた理央の声に泣き声が交ざる。

「も……苦しい……っ……ルシエル……苦しい……っ」

淡い桃色だった理央の先端は、ルシエルの意地悪な愛撫を受けて赤く熟《う》れ、雄全体はこれ以

上ないくらい硬《かた》くそそり立っていた。

「俺……もう……」

これ以上苛《いじ》められたら、頭がおかしくなってしまう。

理央は片手で乱暴に顔を拭《ぬぐ》い、小さな声でルシエルに放出を願った。

「もっとリオを味わいたかったんだがな……」

ルシエルは残念そうに呟いて体を起こすと、理央の唇に右手の人差し指と中指をそっと押し当てる。

「嘗めて」

理央は言われるまま、おずおずとルシエルの指を口に含み、舌を這わせた。

「ん、ん……っ」

舌を這わせて、ルシエルの筋張《すじば》った長い指を自分の唾液で濡らしていく。

口に含んでいるのは指なのに、それが恋人の一部と思うと信じられないくらい愛しくなった。

理央はルシエルに見つめられているのも構わず、懸命《けんめい》に舌を動かす。

「もういいだろう」

ルシエルが指を引き抜こうとしたとき、理央は思わずその指を強く吸った。

「……………っ！」

理央の表情を余すことなく映していたすみれ色の瞳が、大きく見開かれる。

「あ……俺……」

「そろそろ、次の段階に移ってもよさそうだ」

ルシエルは理央を見つめたまま、彼の唾液で濡れた指にキスをした。

「次の段階って……？」

「もしかしたら、リオは恥ずかしくて泣くかもしれない」

意味深《しんしん》な台詞《せりふ》が、とても気になる。

けれど理央は、それをルシエルに問いつめる前にキスでごまかされた。

優しいキスが、理央に体の力を抜けと伝える。

理央は膝《ひざ》を立てて何度か深呼吸し、徐々に体から力を抜いていく。

それを見計《みはか》らったように、ルシエルの指が彼の後孔《こうこう》を慎重に貫《つらぬ》いていった。

何度も体を繋《つな》げているにもかかわらず、理央の内部はルシエルの指をきつく締め付ける。

「もう少し弛めてくれと言いたいところだが……」

「そんなこと言われても……困る」

理央は真面目に言い返し、ルシエルに苦笑された。

「笑うな……って……ん、んん……っ……ああ、そこだめだ……っ」

内部のもっとも感じる場所を二本の指で突き上げられ、理央は堪える間もなく精《せい》を放つ。

「大公殿下。忍耐も覚えてもらわなければ」

ルシエルは、わざと公の言葉で理央の羞恥心を煽った。

「だって……ルシエルが……いきなり……」

自分でも不本意な放出に理央は唇を噛み締め、ルシエルから視線を逸らして両手で雄を隠す。

「では、次はもう少し耐えてくださいますか？」

ルシエルは一旦《いったん》理央から離れると、ジャケットを脱いでネクタイを外す。

彼はワイシャツのボタンを何個か外して首もとにゆとりを持たせ、ゆっくりとベルトに手を掛けた。

理央はベルトを外す音を耳にして、視線をルシエルに戻す。

欲望に濡れた二人の視線がねっとりと絡み合い、体よりも先に交わる。

「ルシエル」

理央の甘えた声を無視して、ルシエルは焦らすようにフロントボタンを外しファスナーに手を掛けた。

「ルシエル……っ」

理央はたまらず、彼に右手を差し伸べる。

「大公殿下のお望みとあらば」

ルシエルは差し伸べられた理央の手を受け止め、その手の甲《こう》に口づけた。

その仕草は優雅で、理央はうっとりと見惚《みと》れる。

と、次の瞬間、彼はルシエルに荒々《あらあら》しく抱擁《ほうよう》された。

「分かるか？　これで、今からリオを愛してやるんだ」

ルシエルは理央の右手首を掴むと、自分の股間に押し当てる。

欲望に脈打《みゃくう》つそこは、スラックスの上からでもはっきりと分かった。

彼は理央の指にファスナーの金具を掴ませると、「自分で下ろせ」と優しい命令をする。

「俺……が？」

ルシエルは笑みを浮かべたままコクンと頷いた。

途端に、理央の心臓が高鳴る。体中が熱く火照《ほて》り、放出して萎《な》えていた雄は力を取り戻した。

「リオ……」

甘い囁きが耳にこそばゆい。

理央は意を決して、ルシエルの胸に額を押しつけたまま、ファスナーをゆっくりと下ろした。

「いい子だ」

「恋人を、子供扱い……すんなよ」

「悪かった」

まったく悪く思っていないルシエルは、口先だけでそう言うと、下着をずらして怒張《どちょう》した雄を露わにする。

「リオの顔が見たい。このままでいいな？」

「それ……お願いじゃなくて命令だと思う」

　理央も、ルシエルの表情が見える方が安心して体を預けられるので賛成だ。しかし、照れ臭《くさ》くて素直に頷くことができず、取り敢《あ》えず、文句を言った。

「側近が大公殿下に命令するなど以《もっ》ての外《ほか》。私はただ……」

「分かったから……っ！　もう……もう……これ以上俺を焦らすな」

　理央はルシエルの体をきゅっと抱き締める。

「分かってる」

ルシエルは理央の耳に低く囁き、彼の腰を乱暴に持ち上げて深く貫いた。


　トマスは怒っていた。

　執務室の仕事に加え、理央のためのパーティー企画で忙しいにもかかわらず、彼が理央の顔を見にシルヴァンサー城を訪れたとき、ルシエルがとんでもない無理難題を言ってきたのだ。

「あのな？　ルシエル。冗談を言うなら少しは楽しそうな顔で言え」

「冗談だと？　俺が操縦する戦闘機に大公殿下を乗せたいと、そう言っただけだ」

「却下《きゃっか》っ！」

「言わなきゃ分かんないのかよっ！　大公殿下の王位継承権は何番目だっ！」

「理由を述《の》べろ」

「二番目だ」

「そのとおり。マリ女王陛下とパトリックの間にジェームズ殿下がお生まれになるまでは、第一位だったが、今は一つ下がって二位っ！　一つ下がっても、まだ二位なんだぞ？　俺たちみたいに、五番とか六番とか七番とか、下位《かい》じゃないっ！　想像などしたくないが、マリ女王陛下とジェームズ殿下に大事《だいじ》があった場合、大公殿下が王位につくんだぞっ！」

「分かっている」

アルファードが午後のティータイムの用意をしている横で、二人は優雅に椅子に腰掛けたまま、ずっと口論していた。

当事者である理央は、最初から置き去りだ。

「分かってるなら、なんでそんなことを言うっ！」

「あ、あの……、トマスさん。俺は二位じゃないと思うんですけど。パトリックさんがいるじゃないですか」

理央はあくまで控えめに、彼らの会話に口を挟《はさ》んだ。

「ローレル公は、どんなに請《こ》われても王位に就くことはないでしょう。大公殿下。彼はそういう人間です」

アルファードが、彼らの会話にするりと入り込んだ。

「え……?」

驚く理央の前に、アルファードがたっぷりと紅茶の入ったティーカップを置く。

「地位や名誉は関係ないのでしょう。ローレル公パトリック殿下は、女王陛下ではなく『マリ・ジョーン・ハワード』という一人の女性を愛していらっしゃるのです」

アルファードの淡々《たんたん》とした言葉に、トマスとルシエルは深く頷いた。

「そ、そう……なんだ。いい話だな」

「そうですね。……ですが、大公殿下。話はそこで終わりではありません。大公殿下の御身《おんみ》は、殿下お一人のものではないんですよ? 戦闘機に乗って、間違って墜落《ついらく》しちゃったら、いつものように、大学からの帰宅途中で『てへ。護衛を城に戻しちゃった。だって友達と遊びたいんだもん』なんていう可愛いことじゃ済まされなくなっちゃうのっ!」

トマスは眉間に皺を寄せ、珍《めずら》しく理央を叱る。

「お前に俺の操縦をけなされるとは思わなかった。誰が今までオーデンの領空《りょうくう》を守っていたと思うんだ? トマス」

「お前の腕《うで》をけなしてるんじゃない。もし戦闘機が整備不良だったらどうするんだと、そう言ってる。他にも不安要因はあるぞ? たとえば飛行中に領空侵犯機《しんぱんき》を見つけたら?」

トマスの問いに、ルシエルは「ふん」と鼻を鳴らして「迎撃《げいげき》」と答える。

うっわーっ！　マジですかっ！　映画で観たドッグファイトをリアル体験っ！

理央は瞳を好奇心でキラキラと輝かせ、ふんわりとしたマドレーヌに手を伸ばした。

トマスは紅茶で喉を潤してから、長く深いため息をつく。

「大公殿下を乗せたまま迎撃すんの？　世界中のゴシップ誌を喜ばせるようなことをすんなー。それでなくったって、大公殿下の隠し撮りがウェブのファンサイトにアップされてて大変だってのに。公認ファンクラブにしてくれって、問い合わせが凄いんだぞ？　ホント、勘弁してください」

隠し撮りですと？　なんですかそれは。

理央はマドレーヌを口に頬張ったまま、眉を顰める。

「私もそのウェブサイトにアクセスしたことがあります。シルヴァンサー城内を隠し撮りされていたらクレームを出すつもりでしたが、写真は大学内でしたね。講義中に頬杖《ほおづえ》をついて居眠りをしている写真までありました。大変可愛らしいというコメント付きで」

アルファードの言葉に、理央の体が硬直《こうちょく》した。

そんなみっともないところを世界に向けて発信していたなんて、これでは「オマケの王子様」に逆戻りだ。

ルシエルも「居眠り」に反応したようで、厳しい視線を理央に向ける。

「そうだよな。……そんなんで戦闘機に乗ったら、またアレコレ言われるよな。戦闘機を飛ばすんだってタダじゃないもんな。俺が税金を無駄なことに使ったら、姉さんの足を引っ張ることになる。ごめんな、トマスさん。俺がルシエルに我が儘を言ったんだ。だから、この話はもうナシにしよう」

理央はテーブルに突っ伏《ぷ》してしまいそうなほど頭を垂れ、「浅《あさ》はかでした」と呟いた。

「空軍視察《しさつ》という名目《めいもく》で、ヘンリー陛下もよく顔をお見せになっておりましたよ？　リオ様。何度か戦闘機にもご搭乗されました。……どうでしょう、トマス様。前例もあることですし」

神の声が聞こえた。

正確には家令執事の声だが、理央には神の声に聞こえた。

トマスも、「キングメーカー」の提案を無下《むげ》にすることができず、渋い表情で黙る。

「危機管理が甘い大公殿下に、現場をお見せするのもいい機会だと思う。そして、戦闘機は護衛として二機飛ばせる。もしものことがあっても、俺は忍耐力を駆使《くし》して敵機迎撃はしない」

「本当に？」

「ああ」

「本当に本当に？　俺はお前の武勇伝《ぶゆうでん》を山ほど知ってる」

「くどい。本当だ」

トマスはルシエルから理央に視線を移すと、肩を竦《すく》めて呆れ顔で笑う。

「……どうかな、トマスさん。一度でいいんだ。そしたら、フランス語の勉強を頑張る。フランス人にネイティブと間違えられるくらい頑張る」

ネイティブ？　……それは無理ではないかと。

トマスは喉まで出かかった言葉を必死に飲み込み、お願いポーズの理央を見つめた。

「そういう可愛いポーズでおねだりされると、だめだと言えないじゃないですか。……空軍視察を予定に入れておきましょう。陸軍《りくぐん》と海軍《かいぐん》の視察も考えておいてくださいね」

「はいっ！」

理央の元気な返事に頷いてから、トマスはルシエルを睨む。

「俺が、大公殿下を担当している執務室職員でよかったと思えよ、ルシエル。追って視察日を連絡するから、それまで待ってろ」

トマスは椅子にもたれ、ため息をつきながらマドレーヌに手を伸ばした。

そして、やってまいりました「空軍視察日」。

戦闘機日《び》よりの晴天。

やはり「視察」にはスーツだろうと、そう思ってベッドから起きあがった理央に、アルファードはまったく違うものを用意した。

「……アルファードさん、それって」

「非公式の訪問なので、普段着で構わないとのことです」

アルファードが用意したのは、ボタンダウンのシャツにコットンパンツ。どれも綺麗にアイロンがかけられていた。

「ルシエルがそう言ったのか?」

「ええ」

理央は頷いて、アルファードが入れた濃いめのコーヒーを受け取る。

ベッドに入ったままの飲食《いんしょく》は未だに慣れないが、目覚めのコーヒーは別だった。

そこへ、ルシエルが現れる。

空軍の、スモーキーブルーのジャケットに身を包んで小脇《こわき》に帽子を挟んだ姿は、どこに出しても自慢できる、空飛ぶ王子様だ。同色のトラウザーズは、少しの皺やたるみもなく、彼の長い足をぴったりと覆っている。

左胸の略綬《りゃくじゅ》と、パイロットの証であるウイングマークが目に眩《まぶ》しい。

理央はカップの縁《ふち》を唇に押しつけたまま、軍服姿のルシエルに見惚れた。

「おはようございます、大公殿下」

「ルシエル……カッコイイなあ」

理央はポワンと頬を染《そ》め、朝の挨拶を忘れて自分の感想を述べる。

「おや、ルシエル様。昇進《しょうしん》されたのですね。おめでとうございます、wing commander」

アルファードは、襟章《えりしょう》とエポレットに「黒縁《くろぶち》の付いた白の三本線」の階級章《かいきゅうしょう》を認め、にっこりと微笑んだ。

「へ？　ウイングコマンダー……って……ええと、ええと……」

「中佐《ちゅうさ》です、リオ様」

アルファードがさらりと答える。

「ありがとう、アルファードさん。……ルシエルは、前は少佐《しょうさ》だったろ？　随分偉くなったなあ」

「退役を白紙に戻した際、昇進させられました。そして大公殿下、空軍でもっとも偉いのは、Marshal of the Auden Royal Air Force」

すいません、意味分かりません。オーデンしか分かりません。

理央はコーヒーを一気に飲んで、アルファードに助けを求めた。

「そうですね……日本語に訳すとなると……『オーデン国《こく》空軍元帥《げんすい》』……でしょうか」

「元帥って、一番偉い軍人じゃないかっ！　……でも、ルシエルならなっちゃいそう」

理央の言葉にルシエルが小さく笑う。

「そうですね。オーデン王族のための階級のようなものですから。……アルファード、朝食はここでとるから用意をしてくれ。その間に、大公殿下は身支度《みじたく》を整えておくように」

アルファードは「かしこまりました」と会釈《えしゃく》をして理央の寝室から出て行く。

理央はベッドから下り、パジャマ姿で室内靴《ぐつ》をつま先に引っかけると、改めてルシエルを見つめた。

見れば見るほど、自分よりも王子様らしくて格好いい。

何時間見つめていても、飽きることはないだろう。

「大公殿下。身支度を整えなければ」

「分かってる。でも、ルシエルが格好いいから、もう少しこうして見てたい」

理央は「えへへ」と笑い、寝癖《ねぐせ》のついた頭を掻いた。

「見ているだけでよろしいいか」

「いや、朝っぱらからベタベタ触るのはどうかと思って……」

理央が動かないのであれば自分からとばかりに、ルシエルは大股で彼に近づき、力任せに抱

き締める。

「もう、プライベートの時間じゃないと思う」

「大公殿下は可愛らしいことばかり言うので、私の身が持たない」

ルシエルは理央の髪に顔を埋《うず》め、嬉しそうに笑った。

理央は顔を真っ赤にして、無言のままルシエルの背に腕を回した。

空軍基地はオーデンの東、陸路《りくろ》にて他国からの侵入《しんにゅう》をひたすら拒《こば》んだ、「オーデンの父なる山脈」天険フレル山脈の麓《ふもと》にあった。

小国らしく基地は一つしかないが、ルシエル曰《いわ》く「最新設備と精鋭《せいえい》が揃《そろ》っている」そうだ。

ルシエルと理央を乗せた軍用車は、前後に護衛の車をつけたまま、基地のゲートを通過する。

理央は大げさすぎると思ったが、ここで文句を言えばまたルシエルに「危機感がなさすぎ」と怒られるので、ひたすら無言で通した。

金網《かなあみ》越しに何機もの戦闘機が見える。その奥には管制塔《かんせいとう》。離陸や着陸をしている戦闘機の轟《ごう》音《おん》が、鼓膜《こまく》だけでなく理央の体全体を揺らした。

早く見たい。もっと近くで実物を見たい。

理央の好奇心は最高潮に達し、むずむずと両足が動いた。

熱い思いを内に秘めて大人しくしていた理央は、駐車場についた途端に車から降り、待機している戦闘機に向かって走り出す。

「大公殿下っ！」

ルシエルは眉間に皺を山ほど刻んで理央を追いかけた。

どこから見ても民間人《みんかんじん》にしか見えない理央の登場に、整備員たちも眉を顰めて「どこの子供だ?」「危ないから近寄るな」と両手で彼を制《せい》する。

理央はようやく立ち止まり、「すいません」と頭を下げた。

しかし、整備チーフはそれで終わらせはしない。

「どこから入ってきたんだ? 坊主《ぼうず》、おい」

「ええと……ゲートから堂々と……」

「見学者か? ここには勝手に入ってきちゃだめだ。……って、あれ? どこかで見た顔」

理央の首根《くびね》っこを摑んでいた整備チーフは、彼の顔をまじまじと見つめて頬を引きつらせた。

「もしや……」

「シルヴァンサー大公リオ殿下っ! 勝手な振る舞いは慎んでいただきたいっ!」

そこへ、全速力で走ってきたルシエルが現れる。

理央の名前を叫んだ「ウォーリック中佐」の登場に、整備員たちは慌てて敬礼《けいれい》した。

「すっげーっ! すっげーすっげーっ! ルシエルっ! 俺、戦闘機をこんな近くで見たのは初めてだっ! コックピットって結構小さいんだ。向こうにあるのはヘリコプターだろっ!」

首根っこを摑む相手が整備チーフからルシエルに変わっても、理央は戦闘機を見上げたままはしゃいだ。

「ここにあるのは戦闘機だけではありません。危険物もたくさんあるのです。なぜあなたはそう、危機感が足《た》りないのかっ!」

「でも……」

　理央は無邪気な視線でルシエルを見上げる。

「ルシエルはここの軍人だろ？　だったら安心できるに決まってるじゃないか」

　あ、可愛い。今、キュンとなった。

　その場にいた整備員たちは、思わず頬を弛めてしまう。

　ルシエルに至っては、その場に膝を突きたくなるくらい感動した。

　しかし彼は、ここで理央を甘やかすわけにはいかない。

「大公殿下。あちらでゆっくりお話しましょうか。……仕事を中断させて悪かったな」

　ルシエルは理央の首根っこを摑んだまま、整備員たちに謝罪《しゃざい》する。

「すいませんでしたっ！　あとでまた、整備しているところを見せてくださいねっ！　俺もう、邪魔しませんからっ！」

　理央はルシエルに引きずられながら、両手で力強く整備員たちに手を振った。

「……なんかさ、新聞の写真で見るより元気いっぱい？」

「うん。ペットにしたい可愛さだ」

「ウォーリック中佐は、ホント、相手が誰でも容赦ないなあ」

　彼らはだんだん遠くなっていく理央に小さく手を振り、再び作業に戻った。

「視察には順番があります。それを、自分勝手に動き回るとは……」

「視察というか、戦闘機に乗りに……」

「大公殿下っ！」

歴代《れきだい》の優秀な軍人たちの写真が飾られている貴賓室《きひんしつ》で、理央はソファに腰を下ろしたまま、ルシエルの小言《こごと》を聞いていた。

いつも理央に「いりません」と言われている護衛たちなど、「ルシエルさん、もっと言ってやってください」と態度で示し、壁《かべ》を背にして立っている。

「基地内に不審《ふしん》人物が入り込んで、あなたを誘拐するか基地を爆破《ばくは》するかしてごらんなさい。オーデンはどうなりますっ！」

「それは……あまりに物騒じゃないか？」

「用心に越したことはない。私が傍《かたわ》らにいれば守れますが、それ以外の場合は護衛があなたの身を守る。……彼らがどのように要人《ようじん》を守るかご存じか」

理央は、護衛たちを一瞥《いちべつ》してから低い声で答えた。

「体で俺を庇《かば》って、銃で応戦」

「半分正解。我が国で、銃を常時《じょうじ》携帯できるのは、警察官と王宮親衛隊《しんえいたい》だけです。国民は猟《りょう》銃《じゅう》のみ所持《しょじ》することはできますが、許可申請《しんせい》を提出しても、許可が下りるまで厳しい審査《しんさ》があります」

「そうすると……ルシエル、護衛の皆さんは……」

護衛たちのスーツの下には、ホルスターに入った銃があるとばかり思っていた理央は、唇を
きゅっと結び、冷や汗を垂らす。

「やっぱ、俺に護衛は必要ありませんっ！　俺の楯《たて》になるんだろ？　反撃できないんだろ？

もしものことがあったらどうするんだっ！　死んじゃうんだぞ？　それはだめっ！」

理央は大声で怒鳴るが、ルシエルは冷徹に言い返した。

「あなたの身を守るのが彼らの仕事で、大事の場合は自分がどうなるか理解しています」

理央が護衛たちに視線を向けると、彼らは当然という表情で、揃って頷く。

「そういうのは……姉さん……マリ女王陛下だけで……」

「大公殿下」

ルシエルは理央の前に跪《ひざまず》き、納得いかない表情の彼の顔を覗き込んだ。

「あなたの身はあなた一人のものでないことを、しっかりとご理解いただきたい」

ロッテンマイヤーさん、それは理解しているつもりなんですけど……。

理央は心の中でぽそりと呟き、ルシエルのすみれ色の瞳を見つめる。

「理解したなら、返事をなさい」

「…………はい」

「よろしい。では、これから基地内を案内します。お立ちなさい」

理央は声に促《うなが》されて立ち上がった。


ルシエルのきついお説教が効《き》いたのか、理央は浮かれてはしゃぐことは極力《きょくりょく》避け、大公殿下らしく振る舞った。

しかし、管制室に着いた途端、理央の被《かぶ》っていた「猫たち」が一匹ずつ剥《は》がれ落ちる。

「あ、あのっ！　今飛んでる戦闘機はなんていう名前ですか？　すっごく格好良いですよね？　専門用語がいっぱい聞こえてきますが、なんて言ってるんですか？」

目《ま》の当たりにした管制室の内部は、戦闘機が主役の映画に出てくるセットとまったく同じで、思わずカメラマンを探したくなる。

管制官たちの制服は、上は長袖の白の開襟シャツで、ルシエルが着ている軍服と違う。ルシエルと同じものを着ているのは、責任者である大佐《たいさ》と側近だけだ。

「それって早口の英語みたいですね。何をどう勉強すれば、管制官になれるんですか？」

理央はキラキラと瞳を輝かせ、管制官たちの背に声をかけた。

答えてあげたいけれど今はちょっと無理。

彼らは機器《きき》から目を逸らすこともしなければ、理央の問いに答えることもない。

「随分と元気な殿下だな、ウォーリック」

上司であるブラウン大佐に苦笑され、ルシエルはしょっぱい表情で頷いた。

「なあなあ、ルシエル。滑走路《かっそうろ》にいるスマートな戦闘機は？　あれ、後ろの羽根に絵が描いてあって格好いいな」

「……あれはオーデンの主力《しゅりょく》戦闘機で、『ユーロファイタータイフーン』」

「ルシエルもあれに乗ってるのか？」

「ええ」

「へーっ！　やっぱり『お空の王子様』は格好いいのに乗ってるわっ！　俺が乗せてもらえるのが、そのユーロなんとかっていうのだと嬉しいな」

理央の無邪気な言葉に、仕事が一段落した管制官たちの顔が強ばった。

彼らは一斉《いっせい》にルシエルを注目し、「やめておけ」と視線で訴《うった》える。

「もちろん、ユーロファイタータイフーンに乗せて差し上げる」

「気をつけろよ、ウォーリック。大公殿下に何かあったら、飛ぶのは俺の首だけで済まない」

「ご安心を」

ルシエルは清々しい笑みを浮かべて、大佐に敬礼した。

理央は、なぜみんながここまで心配するのか分からないまま、ルシエルに連れられて管制室を後にする。

管制官たちは、気の毒そうな視線で理央の背中を見送った。

しかし、管制官の一人が「大公殿下が気絶するに十ユーロ」と呟いたのをきっかけに、管制室は「カジノ」と化し、その賭《か》けは基地中に広がっていった。


理央は、戦闘機の構造や大事の場合の脱出方法など二時間みっちりレクチャーを受けた。

そしてようやく、ルシエルと一緒に「お空の王子様」になる。

左右には二機の護衛機。

理央は上空からオーデンを見下ろし、オモチャのように可愛らしい町並みを堪能した。

「大公殿下、気分はよろしいか」

ざらざらと細かな雑音の混じったルシエルの声に、理央は元気よく返事をする。

「平気平気。離陸の時に少し苦しかったけど。……これが俺の住んでる国なんだよなあ。凄く綺麗で……可愛い。こういうのを見ると、絶対に守ってやらなくちゃって気になる。そうか、俺はこの国の大公なんだ。姉さん……こんな綺麗な国の女王なんだ……」

理央の独り言は、管制室にも聞こえていた。

管制官たちはコーヒーを飲みながら、理央の呟きに笑みを浮かべる。

「なあルシエル。戦闘機って、こんな大人しく空を飛んでいるもんか？　映画だと、ドッグファイトが凄いんだけど」

「では、今からお見せする」

ルシエルは小さく笑うと、護衛機たちと通信を始めた。

専門用語と早口の英語で、理央にはさっぱり理解できない。

しかし次の瞬間。

管制室に理央の絶叫《ぜっきょう》が響いた。


確かに俺は、ジェットコースターは好きです。飛行機も好きです。戦闘機は、凄く格好いいと思う。でも、でもですね……っ！

機体は着陸態勢《たいせい》に入っているが、理央は、まだ体がぐるぐる回っているような錯覚を覚えた。

急降下されたときなど、思わず今までの思い出が走馬燈《そうまとう》のように駆け回った。

「大公殿下」

スムーズな着陸だったが、ルシエルの声に反応するのも辛い。

理央はルシエルにキャノピーを開けてもらうまで、自分から動くのをやめる。

「大公殿下の望みは叶《かな》えました。これからはフランス語の授業に励んでください」

あのですね、ロッテンマイヤーさん。フランス語の話より、まず俺に「具合はどうだ？」と聞くのが先ではありませんか？

理央は眉間に皺を寄せ、嬉しそうに微笑んでいるルシエルを睨んだ。

「可愛い顔で睨まない。……そうそう、彼らは、あなたがどんな状態で機体から下りてくるか賭けています」

なんですと？　つまり、民間人が戦闘機に乗ったら、マトモな状態じゃないだろうと？

理央はルシエルに支えられて立ち上がりながら、ますます眉間に皺を寄せる。

「……そうか」

理央は小さく頷くと、慎重に戦闘機から降りた。

ずっしりとした重さで項垂《うなだ》れる前にヘルメットを外し、乱暴に髪を掻き上げてから整備員やパイロットたちに顔を向ける。

俺だって、姉さんほどじゃないが「猫かぶり」はできる。しかもそれが、俺の沽券《こけん》に関わることなら……なおさらだっ！

理央は呼吸を整えると、笑顔を浮かべて彼らに手を振った。

絶対に倒れる、思いきり吐《は》く……とにかく、理央の失態《しったい》だけを予想していたギャラリーたちは、彼の優雅な態度に賞賛《しょうさん》と落胆《らくたん》の入り混じった声を上げて拍手を送る。

「ルシエル、これ」

あーもー……見栄《みえ》を張るのも疲れる。くるしー、吐きたいー、着てるの脱ぎたーい……。

ただでさえ重いパイロットスーツを着ているのに、ヘルメットまで持っていられない。

理央はルシエルにヘルメットを渡し、ゆっくりと歩いた。

頬に触れる風が冷たくて気持ちがいい。

「……食事をしないで乗って正解だった」

「大公殿下、ご気分がお悪いか？」

「別に。大公殿下は、ウォーリック中佐がどんな操縦をしても、ギャラリーににっこり笑ってみせるだけの余裕があるのです」

理央はルシエルを見上げてわざとらしい笑みを浮かべる。

ルシエルはその微笑みが嫌《いや》みだとすぐに気づいた。

「大声を上げていたから、てっきり喜んでいたのだと」

ルシエルは、理央の大声が絶叫系のジェットコースターで張り上げる声と同じに聞こえたのだろう。だから張り切って、様々な「技」を披露《ひろう》したのだ。

「楽しかったよ、最初はな」

パイロットたちが理央に「大公殿下、スゴイねー」と気軽に声をかける。

理央はそれに「ありがとう」と笑顔で返答しつつ、「はあ」と苦しそうなため息をついた。


こんな風にトイレと仲良くなるのは、初めて酒を飲んだとき以来だ。

理央は胃《い》の中をすっかり空《から》っぽにすると、トイレットペーパーを大量に引き出して顔を拭う。

取り敢えず、「大公殿下」としてのメンツは保《たも》てたな。人前で吐かなくて本当によかった。

そして、俺を賭けの対象にしていた軍人さんの中で損《そん》した人たち。ざまあみろ。

理央は低い声で笑い、すべてを水に流した。

小さなため息をついたところで、誰かがドアをノックした。

「入ってます」

「分かってます。……気分は晴れましたか？　大公殿下」

「まあな。……水がほしい。口をすすげて飲めるヤツ」

「持ってきました」

理央はカギを外してドアを開けると、目の前に立っていたルシエルからミネラルウォーターのペットボトルを奪い、口をすすぐのに使う。

「申し訳ありませんでした」

ルシエルはトラウザーズのポケットからハンカチを取り出し、理央の顔を拭いた。

理央はルシエルの好きにさせる。

「つい模擬戦《もぎせん》に夢中になってしまいました」

「……ほんと、ヤバイと思ったときに顎を締めて体を固定してなかったら、絶対に頸椎《けいつい》を捻挫《ねんざ》してた。武道をしていてよかったと思ったのは、これで二度目だ」

一度目は、パーティーの最中《さいちゅう》に姉である真理が暴漢《ぼうかん》に襲われそうになったとき。

理央は見事に暴漢を取り押さえた。

ルシエルは神妙《しんみょう》な表情で理央を見つめている。

「でも、ま。楽しかったのは本当だ。空からオーデンを見ることができた。気分が悪くなるまでは、ジェットコースターのスリルも味わえた」

理央はルシエルの胸にぽすんと額を押しつけ、小さく笑う。

「ホント、スゴイよな『お空の王子様』。俺なんて、まだ足がカクカクしてるのに」

「訓練されていますから」

ルシエルは理央の体をそっと抱き締め、彼の汗ばんだ髪にキスをした。

「ここ、トイレ……」

「ええ」

「分かってんなら……いいけど」

理央はおずおずとルシエルの背に腕を回す。

服越しに伝わってくる体温と力強い腕が、理央を安心させた。

「なんかもう……このまま眠っちゃいそう」

「ベッドなら、すぐ用意できますが」

いや、そうじゃなく。

理央は首を左右に振って、小さなため息をつく。

ルシエルにこうして抱き締めてもらっているから、気持ちよくて寝てしまいそうになるのだと、口にするのが照れ臭い。

理央はポンポンとルシエルの背を軽く叩き、顔を上げた。

「トイレじゃないところに行きたいんだけど」

「では更衣室に行って着替えましょう。それから食堂へ」

重いパイロットスーツを脱ぐのに異存《いぞん》はないが、今の理央の胃袋は、食事ができる状態ではない。

「俺、水があればそれでいい」

「トマスと待ち合わせています」

「待ち合わせ？　なんで？」

午後は戦闘機の整備見学をする予定になっている。

「行けば分かると思います」

ルシエルに促され、理央は首を傾げながら歩き出した。


昼食の時間には少し遅く、ただでさえ広い食堂はますます広く見えた。

プレートに山盛りの料理を載《の》せて席を選んでいるのは、制服の違う事務員ばかりだ。

そんな中、窓際の席に腰を下ろしていたトマスは、理央とルシエルの姿を見つけて手を振る。

理央はルシエルから受け取ったミネラルウォーターのペットボトルを大事そうに抱えたまま、トマスの向かいに腰を下ろした。ルシエルは理央の隣に腰を下ろす。

護衛たちは、少し離れたテーブルで待機《たいき》している。

「ルシエルの操縦はどうだった？　リオちゃん」

「楽しかったけど最悪」

リオはトマスの昼食プレートから目を逸らし、ため息混じりに答えた。

「最悪だけでなかっただけ良しとしましょう。なんてったって、死神の操縦する戦闘機に乗って無事だったんだから」

トマスは肉の塊《かたまり》にナイフを入れ、鼻歌交じりに切り分ける。

「死神……?」

「うん。こいつの乗ってる戦闘機の尾翼《びよく》にね、大鎌《おおがま》を持った死神が描かれてるの見た? それでついた渾名がデスサイズ。趣味悪いよね」

乗るのに浮かれてて、よく見てなかったデス。……しかもそれ、趣味が悪いどころか、縁起が悪くありませんか。

理央はミネラルウォーターを飲みながら、心の中でサックリ突っ込んだ。

「大公殿下に言うのは、俺のことではないだろうが。さっさと言え」

「別にいいじゃん。リオちゃんだって、ルシエルの武勇伝を聞きたいよね? こいつが今まで、どんな風に領空侵犯機を追い返していたとかさ」

「うん。気になる。知りたい」

理央はルシエルを見つめ、「聞かせて」と目で訴えた。

「折を見て、ゆっくりとベッドの中で教えて差し上げる。一晩や二晩では語り尽《つ》くせない」

ベッドの中で語られても、俺はきっと覚えてませんっ!

理央は顔を赤くして、ルシエルから視線を逸らす。

「ったく。基地にあるまじき甘い空気を作らないでくださいな。……申し上げます、大公殿下。大公殿下のバースデーパーティーを開催《かいさい》することにあいなりました」

トマスはカトラリーを皿に置き、理央ににっこりと微笑みかけた。

「俺……の？　そんなことしていいんですか？　それとも誕生会も公務の一つ？　なんだそれ」

「まあまあ。本当の目的は、大公殿下に素晴らしいご友人を紹介して差し上げるということなんです」

「じゃ……なんでパーティー？　そういう金のかかることは」

トマスは目の前で人差し指を左右に揺らし、「ノンノン」と笑う。

「国内外のセレブが、大公殿下とお話ししたいんですって。これもファンサイト効果？　だったら、バースデーと食事会を一緒にすればいいかなと思って。んで、パーティーも世の中のためになればいいんじゃないかということで、チャリティーパーティーね。収益金《しゅうえききん》は、恵まれない子供たちのためのワクチン代にしようと思っているのですが、どうですか？」

「それは……その……とてもいいことだと思います」

収益金が慈善活動に使われるのなら、「パーティーなんて」と気にする必要はない。

だが理央は、彼の言う「ご友人」が気に掛かった。

「私が、大公殿下にふさわしい友人をしっかりと吟味《ぎんみ》しました。みな素敵な方ですよ」

「……素敵だと？　フランスからあいつを呼ぶくせに」

ルシエルは忌々《いまいま》しげに眉を顰めて、椅子にふんぞり返る。

トマスは「心外《しんがい》な」という表情を浮かべ、ルシエルに突っかかった。

「仕方ないでしょ。オリヴィエの店は、オーデン王室御用達《ごようたし》なんだから。それにあいつ、そんなに嫌なヤツじゃないって」

「だったらジャンを呼べばいい。ベルギーも山を越えた隣だ。あいつもフランス語を話すから、大公殿下がフランス語を話す相手として丁度いい」

「日にちが合わなかったの。ジャンも残念がってました」

「で、あの四人か」

「うん。でも、ジョーンシーは呼ばなかったよ。陽気なのはいいんだけどねえ」

トマスは苦笑を浮かべ、ルシエルは鼻を鳴らして「空気の読めないアメリカ人め」と呟いた。

渦中《かちゅう》の人である理央を無視して話が進む。

理央はミネラルウォーターのペットボトルを両手で弄《もてあそ》びながら、どんな人たちを紹介してもらえるんだろうと、あれこれ想像した。

「……で、ルシエル。俺がわざわざここに来た理由を説明しようか」

「食事とパーティーの話だろ？　ここの料理は意外と旨い」

「それが違うんだな」

トマスは微笑みを浮かべながら、スーツのポケットからデジタルカメラを取り出した。

彼は素早く、しかめっ面のルシエルを数枚カメラに収める。

「おい。基地内で勝手に写真を撮るな」

「大丈夫。ルシエルしか撮ってない。オリヴィエに頼まれてたんだよ、軍服姿のルシエルの写真がほしいってさ」

え？　なんですかそれ。ちょっと待って。ルシエルは俺の、その、恋人なんですけどっ！

のんびりと話を聞いていた理央は、今のトマスの台詞に衝撃《しょうげき》を受けた。

ルシエルはすっと目を細めてトマスに右腕を伸ばすと、彼の手からデジタルカメラを奪う。

そして、有無《うむ》を言わさずメモリを消去した。

「ああ、せっかく撮ったのに」

「軍服姿の俺が見たければ、今すぐヤツを連れてこい。API弾《だん》をお見舞いしてやる」

ルシエルはトマスにデジタルカメラを返すと、低く威圧的《いあってき》な声を出す。

「ルシエルの写真がほしいということは……つまり、ルシエルが好きってことですか？」

トマスさんは、俺がルシエルと付き合ってるの知ってるじゃないか。なんでそんなことすんだよっ！

理央はムッとした表情でトマスに詰め寄った。

彼の顔には「俺はルシエルの恋人ですけど」と、デカデカと書かれている。

それを目の当たりにしたルシエルは、これ以上ないくらい嬉しそうな笑みを浮かべ、テーブルの下で理央の手を握《にぎ》り締めた。

「子供の頃からの付き合いだから、話せば長くなっちゃうんだけど」

「つまり、そのオリヴィエという人は、子供の頃からルシエルが好きだったんですか？」

「彼の一方的な片思いだから、そこまで恐ろしい顔をしなくても……大公殿下」

トマスはジュースで喉を潤し、理央に苦笑してみせる。

だが理央は、内心穏やかでなかった。

どうしよう。物凄い美人のおねーさんだったら、俺は絶対に負ける。気持ちよく負ける。フランス人って恋愛とかエッチが上手そうじゃないかっ！　俺、どっちもダメダメだしっ！

考えれば考えるほど、悲しくなる。

ルシエルがテーブルの下で手を握っていてくれても、理央の気持ちは少しも晴れない。

「そんな顔しないで。ルシエルは昔から、オリヴィエのことはこれっぽっちも好きじゃなかったんだから。ね？　リオちゃん。大公殿下」

「日本には……『嫌よ嫌よも好きのうち』という言葉があるんですけど」

「ルシエルの場合は、『嫌なもんは嫌』なの。大公殿下はご存知でしょう？」

理央は慌てて顔を上げ、苦笑しているトマスを見つめた。

「あ。…………………そう、でした」

顔が段々赤くなっていくのが、自分でもよく分かる。

理央はルシエルの手を強く握り返しながら、照れ臭そうに笑顔を見せた。

「そっか。俺、心配して損した。オリヴィエさんがどんな美人のお姉さんでも、気後《きおく》れせずに頑張れそうだ」

その言葉に、ルシエルとトマスは顔を見合わせ首を傾げる。

「ん？　なんだよ。俺が紹介してもらうフランス人は、美人のお姉さんだろ？　フランス人といったら、美人のお姉さんだろ?」

「大公殿下。オリヴィエは、私と同い年の男です」

男……っ！　ルシエルの写真がほしいとか言ってるから、俺はてっきり女性だとっ！

理央は目を丸くしてルシエルを見た。

ルシエルは嫌そうに頷く。

「面白い男だから、きっとリオちゃんのいいお友達になれると思うよ」

「そ、そう……ですか。はあ。他の人の性別は?」

「みんな男性です。これ以上のことは、当日のお楽しみね。いろんなサプライズを用意しているから、気持ちよく驚いてください」

トマスはそう言って、理央にウインクした。

「チャリティーが入ってるから……ある意味公務？　それとも……」

「国内外のセレブリティにどういう対応をすればいいかのお勉強も兼《か》ねてますので、厳密《げんみつ》に言えば公務ではありません。だからといってハメは外さないように。『キングメーカー』のアルファードが嘆《なげ》くからね」

トマスの言葉に、ルシエルが「俺も嘆く」と突っ込みを入れる。

「う……」

実習だ。これは絶対に実習だ。もしかして、ロッテンマイヤーが二人になった？

理央は、胃がムカムカするだけでなく頭まで痛くなった。

「ところでトマス」

ルシエルは理央の手をそっと離すと、英語以外の言語で話を始める。

トマスも、ルシエルと同じ言葉で言い返した。

「もしや……それは……フランス語？」

思わず「鼻をかめ」と言いたくなる発音に、理央が口を挟む。

彼らは軽く頷くと、理央を放ってフランス語で話し続けた。

なんでいきなりフランス語？　俺にはさっぱりです。リスニングできません。……俺に知られたくない内容だから、フランス語で話してるのか？　だったら、二人きりで話せばいいのに。

理央は眉間に皺を寄せ、ペットボトルに入っていたミネラルウォーターを飲み干した。

「それについては、ちゃんと話を通してあるから大丈夫」

「ならばいい。……それでは大公殿下、格納庫《かくのうこ》へご案内いたしましょう」

理央にはさっぱり意味不明の話を終えたルシエルは、ゆっくりと立ち上がる。

「うん。……じゃあトマスさん、また今度」

「はい、大公殿下」

トマスは立ち上がって理央に深々《ふかぶか》と頭を下げた。


午前中のはしゃぎっぷりがなりを潜《ひそ》めたのは、胃がしくしく痛むからだけではなかった。

理央は、ルシエルとトマスが自分の前で堂々と行《おこな》った「秘密の話し合い」が気になっていた。

一番気になっていたのは、ルシエルの写真を欲しがったオリヴィエのことだ。

どういういきさつで子供の頃にルシエルと出会ったのか理央には分からないが、彼の中でオリヴィエは敵になった。

子供の頃のルシエルは、きっと物凄く可愛かったに違いない。俺なんて、一度も見たことないんだぞ？　それを生で見てるなんて……なんて羨《うらや》ましいっ！

理央は心の中で、背中に薔薇《ばら》の花束を背負った子供ルシエルを、ぼんやりと想像した。

「大公殿下、お疲れか？」

これでもかと愛機を見せびらかしていたルシエルは、理央の顔を覗き込む。

「ん？　疲れてない。大丈夫。……見れば見るほど縁起の悪いマークだよなあ、これ」

理央は尾翼の死神を見上げて、力のない声を出す。

「友軍《ゆうぐん》として他国に赴くときは消します」

「偉くなればなるほど、もっと性能のいい戦闘機に乗ったりする？」

「階級が上がると、空ではなく司令室行きに。ですので、私は中佐より上の階級になることはありません。中佐という階級でさえ、本当なら、私の年齢では分不相応《ぶんふそうおう》」

ルシエルはそっと腕を伸ばし、愛機の翼を優しく撫でた。

「……ふうん」

理央は小さく頷いて、ルシエルを見上げる。

だがその視線は、小川で泳ぐメダカのように泳いでいた。

「やはり大公殿下はお疲れのようだ。少し休みましょう」

「疲れてるんじゃなく、気になることがある。トマスさんと何を話してた？」

「サプライズをわざわざ口にしますか」

そりゃごもっとも。

理央はルシエルの返事に思わず苦笑した。

「パーティーの時さ、ルシエルはずっと俺の傍にいる？」

「私があなたの傍にいなくてどうする。それとも大公殿下は、私にいてほしくないと？」

「違う。俺の傍にいてもらわないと困るんだ」

「なんですか、その、まったく愛のこもっていない言い方は」

ルシエルは不機嫌な声を出し、不満を露わにする。

「俺は愛を込めるより先に……」

理央は左右を見渡して、整備員たちが仕事に集中していることを確かめてから小さな声で言葉を続けた。

「俺たちの仲を裂《さ》こうとするフランス人と、闘《たたか》わなくちゃならない」

そうだとも。誰にも言えないけど、俺とルシエルは付き合ってるんだ。恋人同士なんだ。横入りするヤツは、絶対に許さない。断固阻止《だんこそし》するっ！　やりかたはよく分からないけどっ！

理央は真剣な表情で囁き、心の中でシャウトまででした。

「大公殿下。あなたは闘う前から彼に勝利しています」

「へ？」

「私たちの仲を裂くことなど、誰にもできませんから」

ルシエルは当然のように宣言し、余裕の微笑みを浮かべる。

後光《ごこう》まで差して見える。

理央は照れを通り越して感心し、素直に頷いた。

「ですから、大公殿下はいつも通りでよろしい」

ルシエルは安心させるように理央の頬を撫でる。

「分かった。……うん、スッキリした。俺はいつも通りルシエルを信じていればいいんだよな？」

「ええ。私を信じて、フランス語の勉強も頑張るように」

一言余計だよ、ロッテンマイヤー。

理央はルシエルから視線を逸らし、切ないため息をついた。

デスクの上には、「オーデン・ロイヤル・エア・フォース」のパイロットたちと一緒に撮った写真が飾られていた。

「お前、もっと後ろっ！」「大公殿下が潰《つぶ》れる！」「ウォーリック中佐、お願いですから笑顔を見せて！」と、撮影当時の喧噪《けんそう》が聞こえて来そうな程《ほど》、全員、嬉しそうな笑顔を浮かべている。

ルシエルとトマスが許可を出したのだろう、同じ写真が新聞の一面にも大きく載っていた。

見出しには「シルヴァンサー大公リオ殿下、空軍を視察」と書かれている。

そのおかげか、新聞発行当日、執務室のトマスの元へ陸軍と海軍から「うちも大公殿下に来てほしいんだけど」と正式に依頼があった。

特に陸軍には、ルシエルの妹であるマリエルが教官として所属しており、「兄さんに、ずるいと言っておいてちょうだい」と伝言が添《そ》えられていた。

新聞の記事は好感が持てるもので、理央は胸を撫で下ろした。

「大公殿下、準備はよろしいか」

返事を待たずにドアを開けたスーツ姿のルシエルは、上着にブラシをかけていたアルファードに視線で諌《いさ》められる。

「まあ……大体」

理央は大きなあくびをして、ぐっと腕を伸ばした。

大学と勉強の日々に潤いがほしいと、理央は昨日からアレックスに跨《また》がり早朝乗馬をしている。

いつもより一時間早く起きるのは辛いが、つぶらな瞳を輝かせて自分を待っているアレックスの可愛らしさには代え難《がた》い。しかも今日は、もう「一仕事」していた。

だからこうしてあくびが出てしまうのだが、ルシエルはあからさまに顔をしかめる。

「なんですか、その顔は」

「今はまだプライベートな時間だろ？　人前で大口を開けなければいい。な？　アルファードさん」

「左様《さよう》でございますね。欲を申せば、お口はもう少し小さく開けていただけると、よりベターです」

アルファードは理央に上着を着せながら、淡々と呟く。

ルシエルはしかめっ面のまま、理央のディレクターズスーツ姿をチェックした。

「リオ様、お帽子をどうぞ」

アルファードは理央にホンブルグ帽子を差し出し、理央は軽く頷いて被って見せる。

理央の姿を見つめていたルシエルは、口元を押さえて彼に背中を向けた。

アルファードの微笑みも、生温《なまあたた》かなものになる。

「なんだよ、二人とも。言いたいことがあるなら、ハッキリ言えよ」

理央は腰に手を当て、唇を尖らせた。

「リオ様」

「なんですか、アルファードさん」

「リオ様はお顔が可愛らしくていらっしゃいますので……」

アルファードはそれだけ言うと、いつもより早足で彼の部屋から出て行く。

ルシエルはソファに両手を置き、肩を震わせていた。

「アルファードさんは一体どうしたんだ？　なあルシエル」

理央はルシエルの顔を覗き込むが、彼は慌てて顔を逸らす。

「………もしかして笑ってるのか？」

ルシエルは首を左右に振るが、肩の震えはどう見ても笑いを堪えているようにしか見えない。

「ハッキリ言えよっ！　何がおかしいんだっ！」

「帽子」

「へ？」

「ハマリ過ぎてて、逆に似合わない」

理央は帽子を被ったまま眉を顰める。その表情が、ルシエルの笑いの琴線《きんせん》に触れまくった。

「勘弁してくれ。俺が悪かった」

彼は、聞いてるこっちが楽しくなる笑い声を上げながら、理央の頭から帽子を奪う。

理央はだんだんと顔を赤くし、ルシエルの笑いが終わる頃には首まで真っ赤になった。

「涙が出るほど笑わなくったって……っ！」

理央は酢蛸《すだこ》のように顔を赤くしたまま、目尻を指で拭っているルシエルに怒鳴る。

「はー……スッキリした。いや、すまんすまん」

オヤジ臭《くさ》っ！　……ではなくっ！　恋人を笑いものにしておいて、その謝《あやま》り方はなんだっ！

しかし、謝ったから許してやるという問題ではない。

理央は唇を尖らせ、恋人を睨んだ。

「本当に済まなかった。すべての帽子がハマリ過ぎというわけじゃない。パナマ帽は似合っていた」

「今は夏じゃなく秋だ。……もういい。俺、帽子被らない」

理央は拗ねた子供の顔になる。

「内輪《うちわ》のパーティーと言えど、マナーをないがしろにされては困る」

「挨拶の時に爆笑されるよりはマシだっ！」

「リオ」

ルシエルは手にしていたホンブルグ帽子をソファに置くと、理央の頬を両手で包んで、そのまま彼の髪を掻き上げて後ろに流した。

「俺は怒ってるんだけど」

「悪かった。本当に悪かった。あまりにハマリ過ぎていて、等身大《とうしんだい》の人形に見えたんだ」

so muchでなくtoo muchですか。ああそうですか。

理央は冷ややかな視線でルシエルを睨む。

「リオ」

「恋人ってもんは、相手が喩《たと》えどんなに似合ってないものを着ていても、取り敢えずは誉《ほ》めるもんだ。訂正するなら、まず誉めてから。ルシエルは『飴《あめ》と鞭』でなく『鞭と鞭』だから、それに付き合う俺は可哀相だ」

「だから……」

ルシエルは、自分たちのスーツに皺が寄るのも構わず理央を抱き締めた。

「大笑いして、心の底から悪かったと思っている」

「今日は、俺の誕生パーティーでもあるのに……最悪のサプライズだ」

理央の誕生日は本当は明日だが、今朝《けさ》、アルファードと共に理央を起こしに来たトマスに「一日早いサプライズ」と言われ、気持ちよく驚いた。

一日早いバースデー&チャリティーパーティーを知らなかったのは理央だけで、アルファードは理央のためにちゃんとディレクターズスーツを用意していた。

アレックスとの遠乗りを終えた理央は、「一仕事」として、思わず厨房に入ってケーキまで焼いてしまうほど浮かれていたが、ルシエルの笑いで楽しい気分が一瞬にして過ぎ去る。

「どうすれば俺を許してくれるんだ？」

「……フランス語の授業では、もっと優しく」

「分かった。リオを膝の上に乗せて、スイーツを食べさせながら教えてやる」

理央は、しかめっ面のルシエルの膝に座って勉強している自分を想像した。

ゴージャスなわりに、座り心地は酷《ひど》く悪そうだ。

「嬉しいような嬉しくないような……」

「理央が機嫌を直してくれるなら、俺はなんでもやってやる」

「だったら、俺がちゃんとフランス語を覚えるまで……ずっと優しく」

「むしろ、喜んで」

ルシエルは偉そうに呟くと、理央の髪にキスをする。

「なら、許してやってもいい」

「よかった。許してもらえなければ、戦闘機ごと海に沈《しず》むつもりだった」

「大げさだ」

理央は顔を上げ、ようやくルシエルに笑顔を見せた。

ルシエルは触れるだけのキスをして「いい笑顔だ」と呟く。

「なんてったって、『大公殿下』だからな。今日の主役は俺」

「だが、ハメを外すなよ？　そして、俺から離れて、一人で勝手に歩き回るな」

理央は深く頷き、今度は自分からルシエルにキスをした。


シルヴァンサー城の庭を使ったガーデンパーティー。

一見、手入れのされていない雑草の森に見えるが、実はお抱え庭師《にわし》軍団の手によって、花の配色や種類が完璧に整えられていた。

大きなテントの中は、料理長以下厨房スタッフが腕に縒《よ》りをかけて作った料理がずらりと並べられ、立食《バフェイ》で楽しめるようになっている。

その中でもひときわ目立つ純白のバースデーケーキは、料理長渾身《こんしん》の作だった。

穏やかな曲を奏《かな》でていた音楽隊がオーデン国歌を演奏し始め、それまでグラス片手に談笑していた招待客たちは、瞳を輝かせて庭の入り口を見つめる。

シルヴァンサー大公リオ殿下が、笑顔で現れた。

彼は帽子を被らずに手に持っていたが、後ろに続くルシエルはしかめっ面はしていない。

拍手で迎《むか》えられた理央は照れ臭そうに笑い、トマスに手招きされてテントの前まで行き、そこで足を止めて来客を見つめた。

非公式のパーティーとはいえ、自分主催《しゅさい》のパーティーだ。失態は許されない。そう思うと、心臓が高鳴って掌に汗が滲む。

上ずった声で挨拶をしたら、きっと笑われるだろう。

理央はアルファードが用意したマイクスタンドの前で、ルシエルの助言を思い出した。

『来てくれてありがとう。どうか楽しんでください。……これだけで構いません』

そんな簡単でいいのかと理央は頬を引きつらせたが、ルシエル曰く、スピーチは短いのが一番だそうだ。

……そうだよな。学校の集会でも、校長はいつも話が長くて、結局何を言ってたか覚えてなかったもんな。

理央は来客を見渡してから、笑顔でスピーチした。

「今日は、私が主催するチャリティーパーティーに来てくださってありがとうございます。どうかみなさん、楽しんでください」

ルシエルが、影のように付き添ってくれてよかった。そうでなければ、俺はどう対処《たいしょ》していいのか分からずに、挙動《きょどう》不審になってたと思う。

テレビや新聞でしか見たことがない国内外のセレブリティたちは、礼儀正しく順番を待って、紹介されてから理央に話しかける。

みな雑誌記者のように理央のプライベートを聞きたがり、「素敵な令嬢《れいじょう》を紹介したい」という仲人《なこうど》のような老婦人まで現れた。

理央は失礼のないよう、アルファードから習った礼儀作法を駆使する。

公にしないということで、写真もたくさん撮られた。

やっとのことで招待客たちから解放された理央は、持っていた帽子をアルファードに渡してノンアルコールカクテルの入ったグラスを受け取る。

「大公殿下、お疲れか」

ルシエルは理央をガードするように来客との間に壁を作った。

理央は首を左右に振って笑みを浮かべる。

「あんなに大勢の人に『誕生日おめでとう』と言われたのは初めてで、嬉しいけどちょっとびっくりしてる」

「そうですか」

「おう。料理長の作った料理は旨いし、俺が作ったケーキもいい感じになくなって来てる。みんなニコニコと上品に笑ってるけど、食べっぷりはいいな。他にも作ればよかったなあ」

理央は残念そうに呟いて、少なくなった料理を見つめた。

「そこまでしなくてよろしい。あのケーキも、大公殿下に作っていただくつもりはなかった」

「でも、俺のストレス解消は料理を作ることだし」

「どんなに料理や菓子を作るのが上手くても、あなたは素人《しろうと》です。それをお忘れか？」

「そこまで言わなくても……」

「でしたら」

ルシエルは理央の耳元に「今後は私のためだけに作りなさい」と囁く。

……それって、プロポーズの台詞だと思います。

理央は耳にくすぐったい声を聞き、頬を染めながら機嫌を直した。

そこへ、トマスが強引に割って入る。

「妙な雰囲気を醸《かも》し出しているんじゃありません。バレたらどうすんの、バレたら」

「邪魔だぞトマス。お前は招待客を接待していろ」

甘い空気を吹き飛ばされたルシエルは、眉間にありったけの皺を寄せてトマスを睨んだ。

「大公殿下に紹介したい人たちがいるって言っただろ？　……リオちゃん、こっちに来てくれるかな」

「公の場で『リオちゃん』と言うな」

「はいはい。ルシエルは本当にうるさいね。大公殿下、こちらへ来ていただけますか？」

理央は、トマスのよそ行き顔に苦笑しながら頷いた。

バフェイテントの横に、数人の男性が立っている。

それぞれタイプは違うが、ディレクターズスーツがよく似合ういい男たちだ。

「ルシエル。あの中で、オリヴィエって誰だ?」

「ウエーブのかかった茶色の髪が肩まである、あの男が、オリヴィエです。……しまった、こっち向いた」

ルシエルは、最後の言葉を心底嫌そうに呟いた。

優しげな雰囲気を持ったいい男だけど……人は見かけによらないってことか。よし。

理央は彼を信じて、オリヴィエの傍には近寄らないと誓う。

だがオリヴィエは、笑顔を浮かべて彼らに近づいた。

「ルシィ〜、久しぶりじゃないか。素敵なパーティーに誘ってくれてありがとう」

おいフランス人。今、なんて言った?

理央の頬がぴくりと引きつる。

「あなただけを招待したわけではない」

「ルシィのキツイ台詞は、本当、癖《くせ》になる」

オリヴィエはルシエルを抱き締めようと両手を伸ばしたが、そうはさせるかと、理央は素早く二人の間に入った。

「おやおや」

「初めまして。今日のパーティーの主催者、リオです」

理央は、握手《あくしゅ》をしようとオリヴィエに右手を差し出す。

オリヴィエは母国語で何やら呟くと、理央の右手をそっと受け取って手の甲にキスをした。

果たして彼の行為は正解なのか。

どういう反応を返していいのか分からないまま、理央はアルファードから習ったプロトコールを必死に思い出す。

「オリヴィエ、それはいつの時代の挨拶だ」

ルシエルは理央の手首を摑んで、オリヴィエから引き離した。

「そう……だよな？　これってちょっと変だよな？　確かに手を差し出したのは俺だけど、普通は握手だよな？」

「そして、大公殿下は自己紹介をしなくてよろしい。そういうことは私かトマスに任せなさい」

ルシエルは理央も叱る。

なぜ俺まで……っ！

理央は唇を尖らせたが、トマスの笑い声で慌てて顔を元に戻した。

「彼らが、以前大公殿下にご紹介したいと申し上げていた人々です。……彼はリチャード・ダイヤー。イングランドのダイヤー公爵のご子息《しそく》です」

トマスの紹介を聞きながら、理央はリチャードを見上げる。

短く整えられた髪は理央と同じ黒だが、瞳は海よりも深い青色をしている。貴族らしく澄《す》ました容姿は冷ややかな印象を与えるが、ルシエル慣れしている理央にはなじみがある。おそらく、ルシエルと同じように対応すれば上手くやっていけるだろう。体軀《たいく》はイギリス人らしくガッシリとした長身で、甲冑《かっちゅう》を装備したら似合うに違いない。

理央は緊張した面持《おもも》ちで、品定《しなさだ》めするような視線を自分に向けるリチャードと握手を交わす。

「あれ？　ハミードがいなくなった。……まあいいや。大公殿下、彼はハインリヒ・ヴァルファックス。オーデンの、ドイツ大使館全権大使《ぜんけんたいし》のご子息です」

「知ってる。何度か晩餐会《ばんさんかい》で会ったよな。よろしく、ヴァルファックスさん」

見事な金髪碧眼《へきがん》に薔薇色の頬。世界中の女性が想像する「白馬の王子様」は、きっとこんな感じだろう。理央は彼の姿を見るたびに、いつもそう思っていた。

「ハインリヒで結構です、大公殿下」

ハインリヒははにかみながら、理央としっかり握手を交わす。

「やあ、途中で抜けて済まなかった。とても旨いケーキがあってね、お代わりしようとしたら、なんと最後の一切れだった。争奪戦《そうだつせん》に勝利してきたよ」

黒髪の巻き毛に、鋭《するど》い黒い瞳。褐色《かっしょく》の肌。口に髭《ひげ》を蓄《たくわ》えてはいるが、声は若いので青年だろう。彼はケーキの載った皿を大事そうに両手に持って現れた。

何というか、精悍《せいかん》という言葉がこれほどぴったりハマる男はそういない。カッコイイんじゃないですか？　この人。

理央は目を丸くして彼を見つめた。

相手も理央の視線に気づいたのか、人なつこい笑みを浮かべる。

「……彼はカトゥールのハミード王子です。カトゥールの王室は、亡きヘンリー王の頃からオーデンときわめて友好な関係にあります。我が国の石油は、半分以上カトゥールから輸入しているんですよ」

つまり、石油の国の王子様ですかっ！　ある意味、世界一の王子様っすねっ！

理央は心の中でそう叫ぶと、国のために粗相《そそう》がないよう、思いきり緊張しながら右手を差し出した。

ハミードはケーキの載った皿をトマスに押しつけ、理央と固い握手を交わす。

「そんなに緊張しなくていい。王子と言っても、私は第五王子で気楽なものだ」

「そう……ですか？」

「ああ。……私の父と君の父ヘンリー王は、馬術をきっかけに固い友情で結ばれた。私たちも是非そうなれればいいと願う」

その話をアルファードから聞いていた理央は、笑顔で深く頷いた。

「そして彼がオリヴィエ・ルナン。オーデン王室御用達でもある『ルナン』の代表、クロード・ルナン氏のご子息です」

「ルナンのバッグなら、姉さんがいくつも持ってるけど……そのルナン？」

理央はトマスに尋ね、トマスは軽く頷いた。

「うわー。すっごい有名じゃないか。日本にも銀座《ぎんざ》に店があった。デパートにも入ってる。新作が出るたびに長蛇《ちょうだ》の列ができるって、ニュースでやってたっ！」

理央は、オリヴィエがルシエルのことを「ルシィ」と馴《な》れ馴れしく呼んだことを一瞬忘れ、有名人を見る一般市民の顔になる。

「改めてこんにちは。……それにしても可愛いなあ。そんなキラキラした瞳で見つめられたら、僕はときめいてしまうよ。ルシィ、彼は後を継がないんだろう？　僕がもらってもいいかな？」

ルシエルの表情が一瞬にして般若《はんにゃ》になった。

だがリチャードが、ルシエルよりも先に鋭い言葉を投げつける。

「ふざけるのも大概《たいがい》にしろ。股間で物事を考えるな、アムール星人め」

彼らの周りだけ、一瞬にして水を打ったように静まりかえった。

しかし次の瞬間、ハミードが肩を震わせて笑い出す。

それに理央が釣《つ》られた。

トマスとハインリヒは顔を見合わせ、口元を押さえる。

「……まさかリチャードの口から、そんな言葉が出てくるとは思わなかった」

ルシエルは清々しい笑みを浮かべてリチャードの肩を叩《たた》いた。

「思ったことを口にすると、実に気分が爽快《そうかい》だ」

「私の気分も爽快だ」

ルシエルはリチャードと握手を交わす。

なんかソレって……ダブル・ロッテンマイヤーな雰囲気なんですが。

一通り笑い終えた理央は、心の中でルシエルとリチャードの仲の良さに突っ込みを入れる。

「失敬《しっけい》じゃないか？　君たち。あー……でも、『アムール星人』という響きはいいな。可愛らしい。日本のアニメキャラにいそうじゃないか？　そう思わないかい？　大公殿下」

「すいません。俺、マンガは結構読んでるけど、アニメは……ちょっと……」

「日本に住んでいたんでしょう？　なのに知らないの？」

日本人ならアニメに詳しくて当然という言い方のオリヴィエに、理央は「オタクじゃないので」とボソボソ言い返した。

「それは残念だ。でも、大公殿下が可愛いからよしとしよう」

前後の言葉が繋がっていない。

理央は大声で突っ込むこともできずに、曖昧《あいまい》に微笑んで見せた。

「友好の印《しるし》に、夕食会を開くのはどうでしょうか？　大公殿下」

いつもなら「何ごとも執務室に相談してからです」と、困惑した表情で理央やルシエルを叱るトマスが、今日に限って、その場のノリにも似た提案をする。

「うちで？　うわー、いいんじゃないか？　乗馬もできるし、料理長の作る料理は最高だ。もし許してもらえるなら、俺も厨房で腕を振るいたいっ！　みなさんを招待していいですか？」

理央は無邪気にはしゃいで、リチャードたちの返事を待った。

そのとき。

「なんだよ君たち〜っ！　もう、随分探しちゃったじゃないかっ！」

両手にカップケーキを持った陽気な青年が、話の輪の中に入ってきた。

「ジョーンシー。……招待したのは君の父上なんだけど」

「やあトマス、久しぶり。招待を受けたのは確かに父だけど、急用が入ったから僕が代理で来たんだ。オーデンって料理が旨くていい国だよね」

誰、この人。

理央は美味《おい》しそうにケーキを頬張るジョーンシーを見つめ、首を傾げる。

「大公殿下。彼はアメリカのホテル王スミス氏のご子息で、ジョーンシー・スミスです。オーデンにも『スミスズ』という名のホテルが……」

「知ってる。今年の春にオープンした豪華なホテルだろ？　テレビの密着取材で見た」

トマスは「成り行きだから仕方がない」と、理央にジョーンシーを紹介した。

柔らかな茶髪に空色の目。片手に二つのカップケーキを持ち、にっこりと笑って理央に右手を差し出すジョーンシーは、子熊《こぐま》のぬいぐるみのように可愛い。

細身《ほそみ》だが、イメージは「ハチミツが大好きなクマ」以外考えられない。

身長が自分と殆《ほとん》ど変わらず、理央は初めて目線を上げずに済んだ。

「このメンバーだと、サミットが開催されてもおかしくないね」

ジョーンシーの言葉に、理央は改めて紹介されたメンバーを見る。

イギリス人のリチャード、カトゥール人のハミード、ドイツ人のハインリヒ、フランス人のオリヴィエ、そしてアメリカ人のジョーンシー。

これに、オーデン人の理央たちを入れると、六カ国、G6。

G6……「ゴージャス6」。タイプは違えど、みなキラキラしている。

リオは心の中で戦隊ポーズを決めている自分たちの姿を想像して、噴《ふ》き出しそうになった。

「ホントだ。豪華な夕食会になりそう……って、俺……じゃなく私は、まだみなさんから返事を戴いてません」

理央は慌てて彼らに返事を求めた。

「いいんじゃないか？　なあリチャード」

ハミード王子の言葉に、リチャードは軽く頷く。

ハインリヒは「大公殿下のお誘いならば、是非」と言い、オリヴィエとジョーンシーは「ウイ」と「イエス」を同時に言った。

「それじゃ、またあとでね」と、ゴージャス6は一旦解散し、それぞれ勝手に動き出す。

トマスはハインリヒに近づくと、楽しそうに何か話していた。

ハインリヒが、はにかんだような笑みを浮かべている様《さま》が可愛い。

「あの二人って、仲がよかったんだ」

「仕事でよく顔を合わせるからでしょう」

ルシエルの言葉に、理央は軽く頷く。

「ところで……。一つ伺《うかが》いたいのですが、ルシエルさん」

理央はバフェイエテントに向かうと、海老《えび》と野菜のクレープ巻きを一つ掴んだ。ルシエルは野菜スティックの入ったカップを掴む。

「何ですか」

「紹介してくれた人たちって、みんなルシエルとトマスさんの知り合いなのか？」

「ええ。大学で知り合ったり、外交で知り合ったり」

「俺と一番年が近いのは誰？」

理央はそう言って、クレープにかぶりつく。

「ハミード王子です。彼は二十三歳」

「二十三……」

髭を蓄え、精悍な容姿を持った石油の国の王子様が……俺の一こ上……っ！　てっきり、ルシエルと同い年かと思ったっ！　そうか……。ハミード王子か……。

理央はクレープを口に入れたまま神妙な表情を浮かべていたが、何か重大なことを思い出したのか、くぐもった呻《うめ》き声を出した。

ルシエルはボーイのトレイからソフトドリンクの入ったグラスを受け取り、それを理央に差し出す。

「そんなに頬張らなくても、料理は逃げません」

「そうじゃ……なく」

理央はグラスを受け取ると、ソフトドリンクで喉を潤した。

「オリヴィエさんは、ルシエルのことをルシィって呼んだ」

「子供の頃は、誰からもそう呼ばれていました。彼とは年が同じで、子供の頃はよく遊んだものです」

「でも、彼はフランスでルシエルはオーデンだろ？」

「子供の頃はフランスで過ごすことが多かったのです。母と妹のマリエルと三人で、ホテル暮らしをしていました」

ルシエルの父親ウォーリック公は、「王族の一員であるのに、旅行客と出会って結婚するとは何ごとだ」と、今は国外退去《たいきょ》させられた王族たちに散々《さんざん》言われていた。

理央もその話を聞いている。

そうか……。だからウォーリック公は、うるさい王族たちから妻子《さいし》を守ろうと、フランスに行かせたのか。そこでルシエルはオリヴィエさんと知り合ったと。

なるほどと頷いたのもつかの間、理央は眉間に皺を寄せて低い唸り声を上げた。

「大公殿下。いつから犬におなりか」

「俺は、なんでルシエルは、オリヴィエさんが『ルシィ』と呼ぶことを許してるんだと思って、その……」

ルシエルは小さく笑うと、理央の腰をポンと優しく叩く。

「なんだよ」

「私は彼のことなどこれっぽっちも気にしていない。だから、何と呼ばれようと構わない。お分かりか？」

「それはお分かりですが、でも、なんか嫌だ」

「大公殿下の嫉妬《しっと》は可愛らしい。ここがパーティー会場でなければ、抱き締めてキスをしていました」

理央の頬がポッと赤くなった。

「それは……二人きりの時にお願いしますデス。その、今夜とか」

「今夜は無理です。大公殿下は、夕食会のホスト」

「それが終わってからでも、その、俺は一向《いっこう》に構いませんが」

理央は、自分がルシエルを誘っていることを自覚し、どんどん顔を赤くする。

「無理です。明日はキャスリン皇太后とマリ女王陛下、そしてあなたの母上である耀子《ようこ》様を、ここ、シルヴァンサー城に招くのです。寝不足でお迎えすることはできません」

ルシエルは理央の誘いをスッパリと断《ことわ》り、逆に彼を諭《さと》した。

「でも……」

「フランス語の勉強も休むわけにはいきません。日々の積み重ねが大事。お分かりか」

お分かり、お分かりって、うるさい。そんなに毎回言わなくてもいいじゃないか。俺がせっかく「どうですかね」と言ってるのにっ！

理央の顔から赤みが薄れ、だんだん頬が膨らんだ。

どうしてこのロッテンマイヤーは、自分を誉めるよりも諌める方が多いのか。それはやはりロッテンマイヤーだからなのか。

理央は、悔しいやら悲しいやら、ため息さえ出てこない。

「優しくするって約束したのに」

「フランス語の勉強中は、大公殿下がとろけるほど優しくしたいと思います」

「勉強中だけなんだ。……どうして俺の恋人は、こんなに厳しいんだよ」

「大公殿下のことを思っていればこそ。私を信じなさい」

「……信じてるけど」

たまに置き去りにされたような気持ちになるのは、俺の気のせいか？

理央は言葉を途中で切ると、食べかけのクレープ巻きとソフトドリンクの入ったグラスをルシエルに押しつけ、「トイレ」と呟いて歩き出した。


本当にトイレに行きたかったわけではない。

ルシエルが後ろから追いかけてくるのが分かる。

どこまでも追いかけてこいと言わんばかりに、理央は早足で招待客たちの間を通り抜ける。

ルシエルが厳しいのはいつものことで、一年半も一緒にいればその厳しさにも当然慣れる。

けれど、こういう「特別の日」ぐらいは、理央は優しく接してほしかった。

ロッテンマイヤーだって、クララには優しいじゃないか。……いや違うっ！　礼儀作法を知らずにオーデンに来た俺は、お嬢様のクララではなくむしろ野生児ハイジ。だったら、ロッテンマイヤーは厳しいよ、うん。

理央は嫌な方向に納得してしまう。

頑張ってるつもりだけど……俺はまだ、ちゃんとした『王子様』じゃないのかな……。

あれこれと、考えれば考えるほど気持ちが落ち込んでいく。

トマスがせっかく、大公殿下主催のチャリティー&バースデーパーティーを開催してくれたのに、理央の気持ちは下降《かこう》の一途《いっと》を辿った。

「ふう」

理央はため息をつきながら裏庭へ足を踏み入れる。

するとそこには、インカムをつけた大勢の警備員が、周りに気を配《くば》っていた。

内輪のパーティーに、こんなに警備員が配置されているとは。

理央はぽかんと口を開け、彼らを見つめた。

「大公殿下。いかがされました?」

理央の姿に気づいた二人が、黒スーツ軍団の中から現れ、理央を囲んで辺《あた》りに視線を向ける。

「いや。ちょっと静かなところに行こうかなと……」

「お一人で? ルシエル様はどうしたんですか?」

「ここにいる」

ルシエルは、理央が勝手にスタスタ歩き出したのを叱ろうと、眉間に皺を寄せていた。

「なんで、ここにこんなに大勢の警備員がいるんだ?」

理央の暢気《のんき》な問いかけに、護衛たちは苦笑を浮かべる。

「警備をしているのはここだけではありません。不審者が敷地内《しきちない》に入ってこられないよう、様々な場所を守っています」

「そうなんだ……。俺、知らなかった」

理央は素直に感心し、護衛たちの唇を綻《ほころ》ばせた。

「仕事、頑張ってください」

持ち場に戻る彼らの背に手を振っていた理央は、ルシエルに腕を掴まれ引きずられる。

「大公殿下は勝手に動き回らない」

「俺は荷物か？」

「あなたはこうでもしないと、私の傍にいませんので」

「あのなあ」

「私に、傍にいてほしいと言っておきながら、どうして勝手に動き回られる？」

「それは……」

理央はそれきり口を閉ざした。

「今日はあなたの誕生日パーティーでもある。私も小言ばかり言いたくありません」

今日のメインはチャリティーで、ホントの誕生日は明日です。

なんて悪態は心の中に押し込んで、理央は俯く。

「大公殿下」

「少し落ち込んでただけ。……でも、ルシエルが俺を追いかけてくるのは……嬉しかった」

理央は顔を上げ、両足を開いて踏ん張ってルシエルを見上げた。

ルシエルの瞳が大きく見開かれる。

「やっぱ、怒る?」

「誰が怒りますか。まったく……あなたは」

ルシエルは瞳を愛しそうに細め、理央の右手をそっと握り締めた。

「大公殿下は私の努力を無駄にした。責任を取っていただく」

え? 何ですか、それっ!

理央はわけが分からないまま、ルシエルに手を引かれて城に戻った。


業者が出入りする厨房の勝手口から城の中に入る。

「大公殿下がなぜここに?」と首を傾げる使用人たちに、理央は「ト、トイレっ!」と言い訳した。その慌てぶりが、本当にせっぱ詰まっているように見えて、彼らは「早く早くっ!」と言いながら笑った。

「どこ、行くんだ？」

ルシエルは理央の問いかけに答えず、廊下を駆け足で通り、階段を上がる。

そして彼は、自分の部屋に理央を入れた。

「リオ」

ルシエルは、閉めた扉に理央を押しつけ、低く優しい声で囁く。

「お、俺……会場に戻らないと……」

「どうして？」

ルシエルは理央の額や頬にキスを繰り返し、小さく笑った。

「リオだって、俺としたいと思ってる」

「そりゃしたいけど、なんで今なんだよ……っ」

夜じゃだめですか？　真っ昼間《まっぴるま》っからは恥ずかしいんですけど。

理央は心の中でこっそり呟き、ルシエルを見つめた。

「リオがあんまり可愛いことを言うから」

「今日はある意味、公務なのに」

「だが、二人きりでいるときはプライベートな時間だ」

勝手だ。本当に、気持ちいいくらい勝手だ。

理央は顔を真っ赤にして俯く。

「俺は、またしてもルシエルに振り回されるってわけか」

「静かに」

理央は顎を持ち上げられ、上を向かされた。

ルシエルの唇が、ゆっくりと理央の唇に近づいていく。

心の準備をさせるような、触れるだけの優しいキスが数回。

理央はそっと目を閉じて、素直にキスを受け入れる。

徐々に激しくなり、理央は一人で立っていられなくなった。

「ルシエル……」

理央はキスの合間に恋人の名を呟き、体から力を抜く。

「ベッドへ行く時間が惜《お》しい。ここでいいか？」

ほんの数十秒で寝室へ行けるのに、ルシエルは理央を抱き締めたまま、そこから動かない。

「大丈夫、大事なスーツを汚したりしない」

言われるまま、理央はルシエルに体を預ける。

ルシエルは彼の体の位置を変え、後ろから抱き締めると、スラックスのベルトを外して下着ごと太股《ふともも》までずらす。

「この格好なら、理央が達《たっ》してもスーツを汚さずに済む。さあ、甘い声で喘いでくれ」

筋張った長い指が理央の雄に絡みつき、じわじわと快感を引き出した。

「ん、ん……っ」

ルシエルの手の中で、理央の雄は瞬《また》く間に硬く勃ち上がり、敏感な先端から蜜を滲ませる。

どこをどうすれば気持ちよくなれるのかを知った動きに、理央は頬を染めて体を震わせた。

「俺だけ……？　なあ、ルシエル……」

「お前の声を聞かせてくれ」

「少しだけ、待ってくれ……、なあ、ルシエル……俺……」

いつもいつも、俺はルシエルの何倍も気持ちよくなってる気がする。今だって、絶対我慢してるだろ？　恋人同士なんだから……そうじゃなく……。

理央は、快感で頭が朦朧《もうろう》とする前に体を捻《ひね》って、ルシエルから逃《のが》れる。

「リオ？」

「恋人同士なんだから……どっちかが我慢するってのはナシだ」

リオはルシエルの前に膝をつくと、彼のスラックスに手を伸ばした。

ルシエルは目を見開いたが、彼の手を払《はら》いのけることはせず、優しい視線で見下ろす。

「つ、付き合って……一年半も経ってるんだから……俺にだって、こういうことぐらい……できるんだ」

ファスナーを下ろすだけなのに、どうしてこんなに心臓が高鳴るのか。

理央は、緊張と興奮で掌に汗をかきつつ、ルシエルのスラックスのファスナーを下ろした。

手探りでルシエルの雄を出したところで、理央は一瞬動きを止める。
自分を貫く熱い肉塊《にくかい》は、これからの出来事を期待するように、時折《ときおり》ひくついていた。
理央はルシエルの雄に右手を添えると、彼をゆっくり見上げた。
「大公殿下が俺の前に跪いて、これから一体何をしてくれるんだ?」
ルシエルは理央の髪を優しく撫で回し、嬉しそうに目を細めている。
「バカ……」
理央はカッと頬を染め、上《うわ》ずった掠《かす》れ声を出した。
そして、おずおずとルシエルの雄に唇を近づけ、口に含む。
恋人同士になって初めての行為、それだけで理央は興奮した。
口の中がルシエルでいっぱいになる。
理央は、彼がいつも自分にしてくれる愛撫を思い出し、その通りに舌を動かす。
するとルシエルは、吐息ともため息ともつかない、艶《つや》やかな声を漏らした。
感じてくれている。
ルシエルの声は理央の耳をじわじわと犯《おか》し、もっと激しい愛撫をしろとせき立てる。
「ん、ん……っ」
嘔吐感《おうとかん》のないギリギリまで口に含み、舌で懸命に愛撫する。
その懸命さが、拙《つたな》い技巧《ぎこう》をフォローした。

「無理をするな。今のままでいい」
奥まで銜《くわ》えすぎて涙目になった理央に、ルシエルの優しい声が掛かる。
無理なんてしてない。
苦しくもない。
その証拠に……。
理央はルシエルの雄を愛撫しながら、空《あ》いていた左手で自分の雄を摑んだ。
ルシエルが見下ろしているにもかかわらず、扱《しご》き出す。
恋人の雄を銜えながら自慰《じい》をする自分は、なんて恥ずかしいんだろう。
そう思えば思うほど、理央の体は快感に支配されていった。
雄を扱く左手が止まらず、くちゅくちゅといやらしい音を立てる。
ルシエルの雄を愛撫するくぐもった声も止まらない。
彼の快感の吐息が聞こえると、理央は自分も雄を銜えられているような錯覚に陥《おちい》った。
ルシエルは理央の頭を撫で、癖のない黒髪を指先で搔き回す。
「最後までしなくていいからな?」
その声に反応し、理央は上目遣いでルシエルを見た。
理央は、ルシエルが達するまで彼の雄を銜えていたかった。
ルシエルは理央の味を知っているのに、理央はルシエルの味を知らない。

それは不公平だと、瞳で訴える。

「リオは、自分で扱くだけでいいのか？　俺と繋がりたくないのか？」

繋がりたい。一つになりたい。でも今は……。

理央は、積極的にルシエルを愛撫することに夢中になっていた。

愛しているという気持ちを込めたい。もっともっと感じてほしい。

自分のことは、二の次でいい。

相手が悦《よろこ》ぶ顔が見たい。悦ぶ声が聞きたい。

……ルシエルも、いつもこんな気持ちで俺を気持ちよくしてくれてる？

理央は胸の奥が切なさでいっぱいになった。

「ほら、もういい。これ以上は、我慢できない」

理央は抗議の呻き声を上げ、ルシエルの雄を強く吸う。

俺の口の中に出してくれ。ルシエルの味をもっと知りたい。

その願いもむなしく、理央はルシエルに鼻をつままれて息が詰まり、唇から彼の雄を離してしまった。

「何……すんだよ……っ」

「俺の言うことを聞かないからだ」

偉そうに言うルシエルは、快感で潤んだすみれ色の瞳を見せている。

「慣れてきたら、そのうち嫌と言うほど飲ませてやるから、今日はここまでだ」

理央はルシエルに俯《うつぶ》せにされ、腰だけを高くするような格好で四つん這いになった。

「あ……っ」

「体の力を抜いて」

太股で止まっていた下着とスラックスを膝まで下ろされた理央は、ルシエルがスラックスを下ろす音を背後で聞いた。

目と鼻の先には寝室があるのに、恥ずかしい格好で床の上に這い蹲《つくば》っている。

今日は何もかも、いつものセックスと違った。

それが理央を、一層興奮させる。

「ん、ぅ……っ」

理央の唾液でたっぷり濡れた雄は、彼の体を難《なん》なく貫いていった。

「あ、あ、あ……」

「苦しくないだろう？　リオ、俺を感じて」

「ん。俺の体の中……ルシエルでいっぱいになってく……」

体が溶《と》け合い、本当に一つになったような気がする。

理央はこの瞬間が好きだ。

「リオ。愛してる」

ルシエルは背後から彼を力任せに抱き締め、耳元に甘く低く囁く。

嬉しくて恥ずかしくて、耳がこそばゆい。

理央はぎこちなく頷き、ルシエルの侵入に甘い吐息を漏らした。

今はパーティーの真っ最中だということは、すでに頭の中にない。

理央はルシエルに深く激しく突き上げられながら、切ない声を漏らす。

「あっ、そんな強いの……だめだ……っ……ルシエル……っ……」

「リオの口は素直じゃないな。こっちは雫《しずく》を垂らして悦んでいるぞ」

ルシエルの右手が理央の雄を捉《とら》え、自分の動きに合わせて扱いている。

「や、やだ……っ……そんな風にされたら……床……汚れる……汚れるって……っ」

既《すで》に蜜は床に滴《したた》り落ちているにもかかわらず、理央は首を左右に振って「やめてくれ」と声を上げた。

「汚してもいい。怒ったりしない。だから……リオ」

雄を扱く動きが速くなると同時に、理央は一層深く貫かれる。

動きは早急だが、その、なりふり構わない獣《けもの》のような繋がりは、理央の欲望を際限《さいげん》なく高めていく。

「だ、だめ……っ……だめだルシエル……っ……こんな凄いの我慢できない……っ」

前後を同時に責められ続けた理央は、自ら激しく腰を揺らして陥落《かんらく》した。

理央の放った蜜は、たっぷりと床に滴り落ちる。

ルシエルは力の抜けた理央を抱き締めたまま、遅れて精を放った。

「あ……」

理央は、ルシエルが自分の中から静かに引き抜かれていくのを感じ、切なくなった。

ルシエルは、持っていたハンカチで理央の後孔から溢れる残滓《ざんし》をぬぐい取る。

「少しだけ、このままで待っててくれ」

彼は理央が汚れないようドアにもたれさせ、バスルームに向かった。そして、湯で絞《しぼ》ったタオルを持って戻ってくる。

「ルシエル……」

「時間がないと焦《あせ》っていた。だから早かった。反省している。今回だけ許せ」

どこか恥じ入った表情のルシエルに、理央はポカンと口を開け、次の瞬間クスクスと笑い出した。

「なんだ。人がせっかく謝っているのに」

「だって……俺……違うことを言おうとしたのに……っ！」

理央は、ルシエルに下肢を拭《ふ》いてもらいながら笑い続ける。

「何を言いたいんだ？」

「もう……そういう雰囲気じゃなくなった」

気持ちよかった。

そう言って甘えようと思っていたロマンティックな理央は、今はどこにもいない。

「気になる。何を言おうとしていた？」

「今度な、今度」

「今できることは今する。次回に延《の》ばさない。お分かりか、大公殿下」

ルシエルはプライベートモードを解除すると、理央に詰め寄った。

「素に戻ったら言いにくい言葉です。察してください、ルシエルさん」

衣服を整えてもらいながら、理央は苦笑する。

「そう言われると、ますます知りたいというのが人と言うもの。言わなければ、見える場所にキスマークを付けます。実行してよろしいか」

言うが早いか、ルシエルは吸血鬼のように理央の首筋に歯を押し当てた。

「キスマークじゃなく、それだと歯形っ！」

「招待客には、特殊な趣味だと思われるでしょうね」

「あーあーっ！　言いますっ！　言うから俺を噛むなっ！」

カプカプ。

ルシエルは名残《なごり》惜しそうに首筋を甘噛《あまが》みして、理央から離れる。

「さあどうぞ」

「気持ちよかったなって言おうとしたんです」

早口で言い切った理央は、顔を赤くして唇を尖らせた。

「ああもうっ！　恥ずかしいっ！　ルシエルはムードがないから困るっ！」

「大公殿下」

「なんだ」

「可愛い」

理央は、ルシエルが伸ばした両手に絡め取られる。

ったく。可愛いというなら、どこがどんな風に可愛いのか、ちゃんと説明しろよ。「恋人だから可愛い」ってのはナシな。ホント、一度しっかり説明してもらいたい。

理央はルシエルに抱き締められたまま、複雑な表情を浮かべた。


チャリティーパーティーは、最後は理央への「ハッピーバースデー」の大合唱で終わった。

理央は上品なおばさまやダンディなおじさまたちに囲まれ、「是非私どものパーティーにも出席してください」と請われるほど気に入られた。

理央を見失わないよう目でしっかりと追っていたルシエルの横に、トマスがやってくる。

「パーティーが成功してよかったよかった」

「だが、可愛いだけでは社交界でやっていけないということを、早く理解してもらわなければ」

「ルシエルってひどい」

トマスは呆れ顔でルシエルを一瞥する。

「だが、間違ってはいない」

「はあ、そうですね。じゃあ、後のことはよろしくお願いします」

ルシエルは軽く頷き、おばさまたちから頰にキスを受けて焦っている理央の元へ急いだ。

『今夜、友達の××のところでメシ食うから』

そんな軽い感じで、「ゴージャス6」たちはシルヴァンサー城に残った。

アルファードは慣れた様子で彼らの専属《せんぞく》運転手に部屋を手配《てはい》し、麗しき来客たちを客間に案内する。

「小さい割りには、なかなか優美な城だ。タペストリーや家具の趣味もいい」

一人掛けのソファにくつろいだリチャードは、客間をゆっくりと見渡した。

「君が嫌みを言わずに誉めるとは珍しいね」

オリヴィエは絵画《かいが》を鑑賞しながら、「あはは」と笑う。

「ふん。この様式はイングランドのものだからな。海を越えて船団《せんだん》を引き連れ、素朴なオーデン人に様々な知識を与えたのだ。イングランドは素晴らしい」

おそらく、その知識というものは侵略の「オマケ」と思われるが、リチャードは公爵令息《れいそく》らしく偉そうに言った。

「フランスもそうだと聞いているけど？　天険フレル山脈を越え、オーデンに素晴らしい食と芸術の文化を伝えてあげた。ここにジャンがいないのが悲しい。彼らベルギー人も、フレル山脈を越えてオーデンに文化を伝えたからね」

「何を言うか、オリヴィエ。君たちはフレル山脈を越えたのではなく、自力でトンネルを掘《ほ》ったんじゃないか。歴史文献《ぶんけん》に載っているぞ。十七世紀に、二十年もかけて穴を掘ったと。ご苦労なことだ」

リチャードは口元に冷ややかな笑みを浮かべ、オリヴィエをバカにした。

オリヴィエは眉を顰め、すかさず言い返す。

「でも、その穴は、今はグランドママ・エキスプレスのトンネルの一つになってる」

「あの……動物の巣穴《すあな》のようなお粗末《そまつ》な穴を大きく広げて、立派なトンネルを作ったのは日本とドイツの会社です」

話を聞いていたハインリヒは、このままだとフランスの手柄《てがら》にされそうだったので、しっかりと突っ込みを入れた。

そこにハミードが加わる。

「資金援助はカトゥールがしたんだよ。あの当時のオーデンは、財政難《ざいせいなん》だったから。それがきっかけで、オーデンと仲良くなった」

「一つの国だけでなく、いろんな国がオーデンを助けてあげたということか。凄いね。……そういえば、オーデンにはどうして『ロナルド・バーガー』がないんだろう。あれ、美味しいのに」

ジョーンシーは、アメリカが世界展開しているハンバーガーチェーン店の名を挙げ、つまらなそうな顔をした。

「あの真っ赤なRマークを、オーデンの町並みに合う地味な色にするよう譲歩《じょうほ》しなければ、絶対に出店《しゅってん》させないと、観光局が言っていたが」

ルシエルの呟きに、欧州《おうしゅう》メンバーは深く頷く。

観光客が多く訪れる国は、何世紀も前の町並みを維持《いじ》するため、新規出店する店舗《てんぽ》に規制をつけているところが少なくない。

「えー？　なんでなんで？　あのままでいいじゃん？　観光客にも分かりやすいしさ」

「そんなに出店してほしかったら、『スミスズ』の中に出店すればいい」

ルシエルの言い分はもっともだが、一流ホテルの中にファストフード店は出店できない。

ジョーンシーは「それは残念」と呻いた。

「ともかく君は、余所《よそ》の国に口出しするな」

欧州メンバーはルシエルの言葉がツボに入ったようで、肩を震わせて笑い合う。

その様子を、理央は少々緊張した面持ちで観察していた。

ヤバイ。話についていけない。……と言うか、どんな話題を切り出したらいいんだろう。

理央は、温かい紅茶の入ったティーカップをアルファードに渡されても、口をつけることができなかった。

こんな状態で、大学を卒業して公務に就くことができるのか、外交で失敗したら恥をかくのは自分ではなくオーデンそのものだ、と、次から次へと悪いことを考え、理央はソファに座ったまま、一人で石のように固まっている。

そのとき、隣に腰を下ろしていたルシエルが、理央の顔を覗き込んで微笑んだ。

彼の優しい微笑みは、涙が出るほど嬉しい。

「無理をして話に入ろうとしなくても大丈夫です。彼らの会話を聞くことも、勉強の一つ。よろしいか？」

ありがとうルシエル。大変よろしいですっ！

ルシエルの一言で、理央の気持ちが軽くなった。肩の荷がすべて下りた。

理央は笑顔を浮かべて、何度も深く頷く。

その仕草が、アムール星人の心の琴線に触れた。

「可愛いなあ～。ペットにしたいくらい可愛いなあ～。僕のスーツケースにスッポリ入っちゃうんじゃない？　体重も軽そうだ。可愛いウサギちゃん」

ルシエルは険しい視線でオリヴィエを睨む。

「大公殿下が可愛らしいのは認めるが、ペットにしたいとは何ごとだ？　万が一本当にそんなことをしたら、私はルナンのパリ本店に実弾《じつだん》をお見舞いするぞ、オリヴィエ」

「そんなことをされたら、僕は父に縁《えん》を切られます。というか、戦争起きるよ戦争。もちろん勝つのは……」

オリヴィエと理央以外の全員が、仲良く「オーデンだろ」と口を揃えた。

「なにそれ、苛め？　フランスには外人部隊というとても有名な……」

「その中にフランス人はいるのかい？」

ハミードは笑いを堪えてオリヴィエに尋ねる。

外人部隊は外国人で構成されているからこそ、その名前がある。

オリヴィエは「たしか、将校はフランス人だ」と言いつつも、悔しそうにバタバタと足を踏み鳴らした。

「とにかく、大公殿下にいかがわしい真似《まね》をするな。いいな？　オリヴィエ」

「だったらルシィにならいいのかい？　麗しの君《きみ》」

「何か言ったか？　オリヴィエ。私には何も聞こえなかったんだが」

「本当に君は酷い男だっ！　僕の思いはどれも実《みの》らないのだろうか」

大げさに嘆く彼に、ハインリヒが生真面目《きまじめ》な声で「アムール星人だからでは？」と突っ込みを入れる。

それが、理央のツボにガッツリとハマった。

理央は口を押さえるのも忘れ、大きな声で笑い出す。

それにハミードとジョーンシーが釣られた。

リチャードは意地悪くニヤリと笑って紅茶を飲み、ルシエルは、「自業自得《じごうじとく》だ」とオリヴィエを冷ややかに見つめる。

「ご、ごめん……っ……みんな……もっと、難しい話をするのかと思ったら……、アムール星人って……っ！」

　理央はティーカップを持ったまま、呼吸を整える。

「ここは大公殿下の城なのだから、ゆっくり構えていていい」

「ありがとう、リチャードさん」

「スピーチを聴いているときも思ったんだが、大公殿下の英語の教師はルシエルかな？」

　理央は「うん」と言ってから、慌てて「そうです」と言い直した。

　その仕草がまた可愛いと、さっさと立ち直ったオリヴィエは一人でキャーキャー言っている。

「なるほど。そのとき一緒にルシエルの癖も覚えたのか」

「どこか変なんですか？　俺の英語っ！」

「発音はまだヘタだが、丁寧にしゃべろうとする態度に好感が持てる。やはり英語はいい。アメリカ人のようになまってはいけないぞ？　大公殿下」

　英語と米語《べいご》は、なまるなまらないの問題ではないのだが、リチャードはわざとそう言った。

「英語が一番だって？　それ、異議《いぎ》あり。フランス語の優雅さを知らずしてどうするっ！　大公殿下は、今フランス語の勉強をしているんでしょう？　だったら僕が教えてあげる。日常会話からピロートークまでしっかりとね」

オリヴィエは席を立って理央に近づくと、彼の肩をそっと両手で掴んで「ね？」と笑顔を浮かべて見せた。

「オリヴィエ……お前は俺を本気で怒らせたいのか？」

ルシエルは、理央の肩に置かれたオリヴィエの両手を素早く外し、眉間に皺を増やす。

「そんな恐ろしいこと、僕はしないよ」

「だったら黙ってろ」

「ルシエル……そんなに怖い顔をしてると、眉間の皺が取れなくなるぞ？」

理央は人差し指をルシエルの眉間に当てて、「澄ました顔をしてればいいのに」と呟く。

それが当たり前のような甘い雰囲気に、ジョーンシーが「二人って付き合ってるの？」と、ストレートに尋ねた。

スキンシップしすぎ？　俺、今、国際的に崖《がけ》っぷち状態ですかっ！

理央は瞬間冷凍された魚のように固まり、頬を引きつらせる。

「他人のプライベートに口を出すな、ジョーンシー」

「まったくだよ。空気読んでよ、アメリカ人」

リチャードとオリヴィエは、ジョーンシーを見つめて呆れ顔をした。

「ルシエルは大公殿下の兄のような存在ですから、別におかしい光景ではありません」

ハインリヒの真面目な声に、ハミードも「まったくだ」と同意する。

ジョーンシーは、一気に悪者扱いされた。

「お前は今すぐ祖国《そこく》に帰れ」という雰囲気に、彼は大げさな身振《みぶ》りを加えて反論する。

「素朴な疑問を口にしただけじゃないか。僕は別に、ストレートだろうがゲイだろうが気にしないよ。差別しないよ。それに、空気を読めって言われても、無色透明の何を読むんだよ」

「……確かに、その場の雰囲気を察するのは難しいですが、努力してできないことではないと思います。努力をしてもだめな人はいますが」

ハインリヒはジョーンシーを見つめ、「頑張りなさい」とエールを送った。

もしかして、バレてる？　アメリカ人以外に、俺たちの秘密の関係はバレてるんですか？　ルシエルさん。

理央は、みんなが自分を庇ってくれたことを素早く察し、ルシエルを見つめる。

ルシエルは理央の視線が何を語っているのか理解して、小さく頷いた。

なんてこったいっ！

理央は冷や汗を垂らし、いつバレたんだろうと必死に考える。

それとも、今日であったばかりの人々に一発でバレるほど、自分はルシエルとイチャイチャしていたんだろうかと、理央は深刻な表情を浮かべた。

「そういう話はこれで終わりにしよう。大公殿下が困っているよ。それより私は馬の話がしたいな」

ハミードは理央を見つめて優しく微笑む。

石油の国の王子様は、気遣いが上手かった。

「ふむ、馬か。いいね。競馬《けいば》と馬術《ばじゅつ》、どちらがいい？」

リチャードが話に乗る。

「どちらでも。ところで今年のグランドナショナルは凄かったね。四十頭出馬《しゅつば》して、完走が九頭。久々に楽しんだよ」

グランドナショナルはイギリスで有名な大障害《しょうがい》レース。騎手《きしゅ》は落馬し馬は転がる、大変ハードなレースだ。

ハミードは奇跡的に勝ったらしく微笑んでいたが、リチャードは「やられたよ」と首を左右に振った。

「僕は乗馬の方が好きだな。乗馬初体験の恋人をレクチャーしながら甘いひとときを過ごすんだ。ああルシィ、僕たちも幼い頃、よく二人で遠乗りしたね。君はキラキラと輝いて、まるで天使のようだった。僕はあの時、君に恋をしたんだよ」

「……オリヴィエは、一体誰が好きなの？　大公殿下を可愛いと言ったり、ルシエルに恋したとか言ったり」

ジョーンシーの呟きに、全員が「そうだよな」と首を傾げる。

「二人ともに決まっているじゃないか、ジョーンシー。報《むく》われない愛に身を焦がすなんて、とてもロマンティック」

フランス人の考えることはよく分からない。

オリヴィエ以外の全員は、心の中で仲良くそう思った。

「大公殿下は、乗馬の腕は上がったのかい？」

もう何もせずに黙っていようと思った理央は、ハミードに話を振られて驚いた。

「え？　ええ。どうにか……。ただ、アレックスは少し気まぐれだから、たまに好き勝手に動きますけど」

「アレックスはアレクシアの孫だったね。気まぐれは血統《けっとう》なんだよ。だがそれを御《ぎょ》することができれば最高の馬だ。あの血統は度胸《どきょう》がある。競技に出場すれば、それがよく分かると思うよ」

「競技、ですか……。俺も興味があるんだけど、ルシエル先生が許してくれません」

理央は自分を「私」と呼ぶのを忘れ、冷めた紅茶を一気に飲み干して、ルシエル先生を一瞥する。

「当然です、大公殿下。アレックスを自分の手足のように使いこなせるまで、出場はお控えください」

「ほら、この通り」

理央は苦笑して、ティーカップをサイドテーブルに置いた。

「語学と馬術は、ルシエルが教授しているのか。ではプロトコールはアルファード?」

ハミード王子が問いかける。

キングメーカーの名は他国にも有名らしい。

「はい。覚えることはたくさんあるけど、優しいからビクビクしなくて済むんです。これがルシエルだと、『大公殿下、何をしておられるか』って怒られる」

理央はルシエルの声と表情を真似て、ハミードたちを笑わせる。

「私はそんな不機嫌な顔をしていますか?」

ルシエルは、顔に「心外だ」と書いて理央を見つめた。

「うん、こんな感じ。一緒にいるから、癖だって覚えた。たとえば……」

「しなくてよろしい」

ルシエルは、アクションを起こそうとした理央の両手を素早く掴み、自分の癖が他人に暴露《ばくろ》されることを阻止する。

「見たい」「是非見せて」と友人たちがブーイングをする中、アルファードが控えめに話に加わった。

「リオ様、そろそろ厨房へ向かわれた方がよろしいかと思います」

「あっ! そっかっ!」

理央は勢いよく立ち上がるが、ルシエルに腕を引っ張られてソファに尻餅《しりもち》をつく。

「一人で行かれるおつもりか」

「ここは俺の城だろ？　危ないことなんか何もないって。俺は、みなさんに旨いデザートを用意したいんだ。ブランデーを使ったしっとりしたチョコレートケーキに、生クリームとチーズを使ったとろけるタルト、季節の果物のピューレを使った、ふわふわのババロア。なんだって作れる。ルシエルだって、俺が作った菓子を喜んで食べてくれるじゃないか。ハウスキーパーさんたちにお裾分《すそわ》けする分まで食べて、小言を言われてたのを知ってる。俺の自信作の、フランスから取り寄せたマロンペーストを使ったモンブラン」

「確かに。あのモンブランは素晴らしいものでした」

ルシエルは素直に賞賛した。

「ルシエルが誉めるとなると……本当に美味しいようだね。大公殿下が自ら作るスイーツを、是非とも食べたいっ！」

オリヴィエは好奇心に瞳を輝かせて手を叩いた。

「大公殿下。もしや……バフェイテントにあったベリーのケーキは、あなたが？　どのスイーツも旨かったが、あのベリーのケーキは格別に旨かった」

最後の一切れを争奪戦の末に手に入れたハミードは、ニコニコと子供のような笑みを浮かべて理央に尋ねる。

「はい。時間がなかったから一つしか作れなかったんですが」

「私は甘いものに目がなくて、旨いと言われる様々なスイーツを食べてきたが、あのケーキは、私が今まで食べてきたスイーツの中で一番だ」

「甘さ控えめで作ったと思うんですけど……それでも？」

日本では「甘っ！」というものは、今ひとつ受けない。理央もそういう中で二十年とちょっとを暮らしてきたので、他国の王子にここまで誉められるとは思っていなかった。

「いや、そんなに控えめな感じはしなかった。オーデンで暮らして、ここの食べ物を食べていたから、舌が慣れたんじゃないか？　大公殿下は、オーデン人らしくなってきた」

「そ、そうですか？　えへへ」

理央は照れ臭そうに髪を掻き上げて笑う。

だが、理央のその笑顔を強ばらせる声がした。

「当主《とうしゅ》が来客を接待せずに厨房へ行くなど、言語道断《ごんごどうだん》。人はそれぞれ、自分に与えられた仕事があるのだ。大公殿下が料理人たちの仕事を奪うとは何ごとか」

生まれたときから使用人に囲まれ、それを当然として生活してきたイングランドの公爵令息は、理央の行動を鋭く批判する。

理央はルシエルにぴったりと体を押しつけ、再《ふたた》び体を強ばらせる。

おいおい、そこまで言うか？

オリヴィエとハミードは顔を見合わせ、「私も食べたい」と言おうとしたハインリヒは慌てて口を閉ざす。

ジョーンシーでさえ、ここで口を開いてはいけないと分かった。

アルファードはルシエルと視線を交わし、微笑みながら小さく頷く。

しんと静まりかえった客間で、次の言葉を注目されていたリチャードは、大げさに肩を竦めて口を開いた。

「しかし、だ。我々は大公殿下の友人としてここに集まった。そして友人たちは勝手知ったる間柄《あいだがら》だ。ホストがいなくても、夕食までの間は充分楽しめるだろう。内輪の夕食会で、そこまで固いことは却《かえ》って無粋《ぶすい》。どうぞ、大公殿下。どんなデザートを用意してくださるか楽しみにしています。私は、チョコレートケーキを希望」

リチャードは優雅に足を組んで、理央を安心させるように上品に微笑んだ。

微妙な雰囲気に包まれていた部屋が、ゆっくりと和《なご》やかな雰囲気へと変わっていく。

「そうだった。忘れていた。リチャードはこういう男だったっ！　取り敢えずは、嫌みを言わないと気が済まないんだっ！　このイギリス人めっ！」

オリヴィエはリチャードを怒鳴るが、ハミードに「はいはいはい」と宥《なだ》められた。

リチャードは、自分が悪いなどとはまったく思わず、「ふん」と鼻を鳴らす。

「……よかった。あの、大公殿下、私はチョコレートケーキが食べたいです」

「僕も僕もっ！　生クリームでもオレンジソースでもいいよっ！」

ハインリヒとジョーンシーのリクエストも「チョコレートケーキ」。

理央は真っ赤な顔で何度も頷き、ルシエルの顔を覗き込んだ。

そして、改めて伺いを立てる。

「ルシエル……」

「分かりました。厨房へどうぞ。彼らが唸るほどのスイーツを作ってきてください」

「やったっ！」

理央は、ルシエルに抱きついて頬にキスをして勢いよく立ち上がると、アルファードと一緒に客間を出て行った。


「大公殿下が厨房……とは」

リチャードはそう呟いて、ため息をつく。

「まあいいじゃないか。あのパーティー会場で食べたケーキは本当に旨かったし」

ハミードは苦笑した。

「だが、勝手に動きすぎる」

リチャードはそう言うと、友人たちを見渡した。

「だよね。……トマスの言っていた通りだ。ウサギちゃんみたいにあちこちはね回ってると、いつか大変な目に遭《あ》いそう」

オリヴィエが珍しく神妙な表情で呟いた。

「ん？　遊び回っちゃいけないの？」

ジョーンシーの言葉に、彼以外の全員が生温《なまぬる》い表情を浮かべる。

「え？　なんでみんな、そんな顔をするの？」

「あのですね、ジョーンシー」

ドイツ大使の息子であるハインリヒが、生真面目な顔で彼に説明を始めた。

「知らない人についていってはいけません、知らない場所に行ってはいけませんと、言われたことはありませんか？　ジョーンシー」

「そりゃあ、子供の頃は散々言われたよ。両親は、今もスミス家の人間が誘拐されないよう一番気を付けている。でも、資産家の家に生まれていれば、危険と背中合わせに生きているってことは自然に分かってくることだろう？」

「大公殿下は、オーデンにやってきて一年半しか経っていません」

「………あー、そっか。なるほど。そういうことか。うん、そうだね。大公殿下は、危機管理が甘い。作ったケーキと同じ。……ジョークじゃないよ」

だからアメリカ人、最後の一言は余計だ。

その場にいた全員が、ジョーンシーにブリザードの視線を向ける。

「オーケー。僕は口を開きませんっ！」

ジョーンシーは両手を挙げると唇を尖らせた。

ルシエルは軽く頷き、ゆっくりとソファから立ち上がる。

「ハインリヒの言うように、大公殿下がオーデンにやってきて一年半。母国語である英語と国《こく》技《ぎ》である馬術をたたき込んだ。その間に、アルファードがプロトコールを教授。恥をかかない程度にはなったと思う」

「……英語は、もう少し流暢《りゅうちょう》な発音ができるようにならないか？　ルシエル。たまにカタカナ英語になっている」

リチャードの指摘に、ルシエルが苦笑した。

「RとLの発音が悪いのは俺も気になっているんだが……あと数年は必要とするだろう」

「馬術の腕前は？　オーデンはオリンピックの馬術競技入賞常連国で、毎回王族の誰かが参加しているだろう？　大丈夫なのかい？」

馬術を得意としているハミードが、心配そうに尋ねる。

「武道をたしなんでいただけあって、運動神経は抜群《ばつぐん》にいい。馬上でも姿勢は正しいし、基礎もすぐに覚えた。だが、オリンピックには……」

ルシエルは、最悪自分か妹のマリエル、もしくはトマスが出場することになるかもしれないと付け足し、ため息をついた。

「そうか。……ああ、今日は素敵なサプライズを大公殿下に用意したんだ。車の中に置いてきたから、あとで運転手に取ってこさせよう。食後にみんなで見るといいよ」

「ハミード。何を持ってきたんだ」

「ヘンリー王が皇太子《こうたいし》の時のビデオテープ。父から預かってきたんだ」

「大公殿下がそのビデオを見て、己《おのれ》を顧《かえり》みてくれるといいんだが。……いっそ、偽装《ぎそう》誘拐でもして、世の中の恐ろしさを知らしめる。……いや、そんなことは俺には絶対にできない」

ルシエルは、きわめて真面目な表情で呟くが、友人たちは生温かい笑みを浮かべて別のことを想像した。

理央を両手に抱きかかえ、高笑いしながら海外逃亡するルシエルの姿だ。

「……ええと。大公殿下が暮らしていた日本は、そんなに暢気な国なのか？　うちの顧客としては素晴らしい国だが、国民性まではね。アニメならよく知ってるんだけど。というか、どこにあるの？」

首を傾げるオリヴィエに、ハインリヒがしょっぱい表情を浮かべて、「東の果ての小さな島国です」と答えてやった。

「オリヴィエ。国が暢気なのはこの際関係ない。大公殿下が、自分の立場をしっかりと把握《はあく》していないということが問題なんだ。今の世の中、どこで何が起きるか分からないと何度も言って聞かせたんだが……自分が危機に直面《ちょくめん》したことがないので、今ひとつ分かっていない。俺は大公殿下に、もっと厳しく接しなければならないんだろうか」

ここに理央がいたら、「今までだって厳しかったのに、これ以上厳しくって、何をどうするんだっ！」と、大声で突っ込みを入れてくれただろう。

ルシエルの呟きに、友人たちは「気の毒な大公殿下」と心の中で仲良く思った。

自然の甘みが口の中に広がるコーンスープや、あつあつの湯気《ゆげ》を立てている一口サイズの温野菜の盛り合わせ。レモンバターソースとハーブで戴く白身魚のポワレ。野性味溢れるウズラのオーブン焼き。その中には餅米《もちごめ》が詰まっていて、ウズラの旨味《うまみ》が存分に染みこんでいた。

食にうるさいオリヴィエは「んー」と鼻に抜ける「歓喜《かんき》の呻き声」を上げる。

「うちの料理長は、フランスで何年も修業した人なんです。俺も、いつも旨い料理を食べさせてもらってて、太らないように努力するのが辛い」

理央は、みんなのようにワインではなくガス入りのミネラルウォーターを飲みながら、嬉しそうに口を開いた。

「ですよね、大公殿下。私も、父がオーデンのドイツ大使に任命されてから三年、ずっとここで暮らしていますが、オーデンの料理は美味しくて、一時期太りました。あ、でも、ビールとソーセージはドイツが一番です。これだけは譲れません」

　ハインリヒは最後にお国自慢をして、ウズラを頬張った。

「ビールなら、イングランドにもエールがある。あれは旨い」

「自慢するなら、スコーンと紅茶にしておきなよ、リチャード。他には何もないんだから」

　美食と芸術の国に住んでいるオリヴィエは、澄ました顔で嫌みを言う。

「カエルを喜んで食べる国の人間に、バカにされる覚えはない」

「言ったな、ビーフイーター。けなす前に、まず食べてみろ。凄く美味しいんだから」

　リチャードは思いきりしかめっ面をすると、首を左右に振った。

　オリヴィエは他の友人たちから同意を得ようとしたが、みな彼から視線を外す。

「結構旨い」と呟いたのは、ルシエルだけだった。

「大公殿下。今度カトゥールに遊びに来てください。ヨーロッパとはまた違った、旨い料理や菓子がたくさんあるんです」

　ハミードの招待は魅力的で、理央はすぐさま「遊びに行きます」と返事をした。

　理央は頭の中で、ラクダの群れが広大な砂漠を歩いている姿を想像する。

「凄く楽しみです。遊びに行ったら、ハミード王子の馬を見せてくださいね。あ、食後に俺の馬を見ますか？　もう暗いから乗馬は無理だけど、アレックスはきっと喜んでくれると思う」

「アレックスに会うのは、今度の機会にしましょう。それよりも今は、デザートの登場が楽しみだ」

リクエスト通りなら、次に出されるのはデザートのチョコレートケーキのはず。

甘いものが大好きなハミードは、カトラリーを皿に置いて浮かれる。

「今の俺にできる最高のものを作りました」

理央は新たな友人たちの期待を高めるよう、自信満々の微笑みを浮かべた。


彼らはデザートの余韻《よいん》に浸《ひた》りながら、再び客間でくつろいでいた。

「レシピをもらっても、うちのシェフに同じ味が出せるんだろうか……」

オリヴィエは天井の花柄模様を見つめたまま、うっとりと呟く。

「食べたいときは、大公殿下を訪問するしかなさそうだ。もしくは、空輸《くうゆ》をしてもらうか」

ハミードも、切ないため息を漏らした。

リチャードは何も言わずにソファに埋《う》もれ、胸に手を当てて感動を嚙み締めている。

「大公殿下はパティシエになればいいのに」

ジョーンシーの呟きに、ハインリヒは頷きかけたが、慌てて首を左右に振った。

ブランデーでしっとりとしたスポンジの上に、天険フレル山脈を模《も》したメレンゲがちょこんと乗り、脇にはオレンジソースが添えられている。それ以外の装飾はまったくない地味なプチケーキは、口の中に入れた途端、跡形《あとかた》もなく溶けて消えた。

残っているのはチョコレートとブランデー、そして少し苦《にが》みのあるオレンジの味だけ。

その食感がなんとも心地よく、彼らはもっと食の快感を得ようと無言で口を動かした。

気がつくと皿は空になっており、小さな子供のようにお代わりをねだった。

小さなケーキ一つで、ここまで幸せな気分に浸れるなんて。

友人たちは客間のソファにもたれ、ケーキの天国に思いを馳せる。

ルシエルはそれを尻目《しりめ》に静かに廊下に向かった。

理央は客間に入らずに、壁にもたれている。

「あ……。みんな、何か言ってたか？　無言で食べてたから、気になって……」

「大公殿下、そんなに心配されるな。みな大変喜んでいます」

「……よかった。ルシエルも旨いと思ったか？」

理央はルシエルを見上げて尋ねた。

大勢の人間に誉められるのは嬉しい。

だが理央は、ルシエルに誉めてもらうのが一番嬉しかった。

ルシエルは微笑を浮かべ、理央の唇に触れるだけのキスをする。

「当然です。最高の味だった」

「ルシエルにそう言ってもらえると、自信がつく。やっぱ俺、ルシエルが好きなんだなあ」

理央はルシエルの右手を両手で摑み、左右に振り回す。

「愛している、ではなく？」

「それはまた今度」

「言えないのなら、代わりにキス」

ルシエルは左手の人差し指を自分の唇に押し当て、理央からのキスをねだった。

その仕草はルシエルにあるまじき可愛らしさで、理央は思わず見惚れてしまう。

……いつもそんな風に可愛かったらなあ。

理央はこっそり心の中で呟いてから、ルシエルに顔を近づける。

チュウ。

ほんの少し背伸びをして、理央はルシエルの唇に自分の唇を押しつけた。

「よくできました」

理央は頬を染めてそっぽを向くと、ルシエルの手を握ったまま客間に入る。

友人たちは、まるで自分の家のように好き勝手にくつろいでいた。

「今日は……その、いきなりの誘いを受けてくださってありがとうございます」

理央は彼らを前にして、深々と頭を下げる。

そして言葉を続けた。

「あの……もしよろしければ、今夜は泊まっていきませんか？　その、もう遅いし。暗いと危ないでしょう？　……ええと、これは単なる提案ですので、断って下さっても構いません。でもきっと、みんなで語り明かすのは楽しいんじゃないかと」

明日の予定があるというのに、理央は年上の友人たちに「お泊まり」を勧める。

理央は、新しい友人たちと離れがたい気持ちを、期待に満ちた表情に表して、口を開いた。

「城から少し北へ歩いたところに、隠れ家風《が》の離れがあるんです。小さいけれど設備は整っていて、どんなに大騒ぎをしても、誰にも迷惑は掛かりません」

理央はオーデンに来てからというもの、誰かの家に泊まるとかどこかに旅行へ行くことは一度もなかったのだ。

それを不満に思ったことはないが、やはりまだまだ遊びたいお年頃。友人たちと夜通し騒《さわ》げるかもしれないと分かると、気持ちが浮かれる。

「大公殿下。明日の予定をご存じか？」

ルシエルは複雑な表情を浮かべ、理央に尋ねた。

「分かってる。せっかくだから、みんなを姉さんたちにも紹介したいんだ。キャシーおばあちゃんと母さんも。みんなルシエルやトマスさんの友達っていうなら、当然パトリックさんとも友達なんだろ？　久しぶりにみんなで会うのもいいと思う」

確かに友人たちは、パトリックの友人でもある。

だがルシエルは「またいきなり」と眉を顰め、渋い表情を浮かべた。

「私は別に構わないが、ルシエル。久しぶりにパトリックに会って話をしたい」

リチャードは軽く頷く。

それは友人たちの総意《そうい》でもあった。

「……ルシエル。だめか？」

理央はルシエルの表情を窺《うかが》いながら、ちょこんと小首《こくび》を傾げる。

その可愛らしい仕草に、ルシエルの心が大きく揺れた。

「仕方ない。認めましょう。予定外の行動は今回だけということで」

「やったっ！　ここから歩いて十五分ぐらいのところにあるんです。月明かりで充分歩けるから、すぐ行きましょうっ！　あっ！　パジャマやガウンをアルファードさんに用意してもらわないとっ！」

理央は一人ではしゃぎ、アルファードを呼びに部屋から出て行った。


月明かりの下《もと》、石畳《いしだたみ》の小道をのんびり歩いて、彼らは離れに到着した。

『いつ何時《なんどき》使用されてもいいように、すべて整えてございます』

そうアルファードが言っていたように、バスルームには来客用の着替えやアメニティが揃っていた。

冷蔵庫にはミネラルウォーターやソフトドリンク、酒類と、小腹《こばら》が空《す》いたときのためのクラッカーやチーズ、ハムソーセージがぎっしり詰まっている。

リビングダイニングと寝室が一つ、バスルームが二つという小さな離れは、突然やってきたというのに、綺麗に掃除されており、カビ臭くも埃《ほこり》っぽくもない。

「あの寝室は大学の寮を思い出さないか、ルシエル」

一人で寝室を見に行ったリチャードは、そこに置いてあった簡素《かんそ》なシングルベッドを発見して、忌々しそうに呟いた。

「だが、マットレスのスプリングはまったく違うから、背中や腰が痛くなることはないぞ。安心しろ」

ルシエルはネクタイを弛めながら苦笑する。

「ああん、ルシィっ！　その仕草が凄くセクシー。全部脱いでいいよ」

アムール星人の気色悪くも危ない発言に、ルシエルはぴくりと頬を引きつらせて右手の拳を握り締めた。

「冗談だから、その拳を引っ込めてください」

オリヴィエは素早く理央の後ろに隠れ、「ルシィは冗談が通じない」と唇を尖らせる。

なったね。ついでだから、一緒に風呂に入ろう」

「大公殿下もルシィに似てきた？　それとも僕たちに慣れたのかな？　ズケズケと言うように

「俺を楯にしないでください。大人げないです」

なんのついでだよっ！　アムール星人っ！

理央は心の中で素早く突っ込むと、オリヴィエから離れた。

彼が一緒に風呂に入る相手は、ルシエル以外いないのだ。

「えー？　じゃあ、ハインリヒ。一緒に入ろう。だってバスルームは二つしかないんだし。さっさと入って、グラスを傾けながら友人同士の親交を深めようじゃないか」

突然名指しされたハインリヒは、頬を引きつらせて「nein!《いやだ》」と首を左右に振る。

そりゃもう、勢いよく振る。

「はは。では先に使わせてもらおうかな」

さっさとバスルームに向かおうとしたジョーンシーを遮って、ハミードが鼻歌交じりにバスルームに向かった。

「では、もう一つのバスルームは私が先に使わせてもらう」

リチャードはそう言うと、冷ややかな視線でオリヴィエを一瞥してから、空いているバスルームへ向かう。

さすがのオリヴィエも、彼らを相手に「一緒に入ろう」とは言わなかった。

「……ところでルシィ。僕はトマスに君の軍服写真を撮ってくれるよう頼んだんだけど、データはいつもらえるのかな？　何か聞いてない？」

オリヴィエはこぢんまりとしたソファに腰を下ろすと、「早く見たい」と自分で自分の体を抱き締める。

「それなら……」

メモリは俺が消したと言おうとしたルシエルの前で、ハインリヒがジャケットの内ポケットから一枚の写真を引っ張り出した。

「トマスに、『すっごい写真はルシエルに消されちゃったから、これで我慢して』と、オリヴィエに渡すよう頼まれました」

「ありがとう、ハインリヒっ！　どんな写真だい？　凄く楽しみだなあ……って、これは……」

オリヴィエのアムール度があからさまに低くなったのが気になって、ルシエルと理央は彼が手にした写真を覗き込む。

仲間はずれの嫌なジョーンシーも、すかさず行動した。

「これ、オーデンの空軍？　いいなあ、パイロットと一緒に写真を撮ったなんて」

ジョーンシーは、パイロットたちに挟まれて窮屈《きゅうくつ》そうにしている理央を見て笑う。

「写真を撮っただけでなく、ルシエルの操縦で戦闘機にも乗りました。すっごく面白くて、最高だった。この写真は、帰り間際に撮った記念写真です。でも、なぜここに?」

「ええ、大公殿下。トマスが焼き増ししてたんです。これなら、ルシエルも怒らないだろうって言って」

ハインリヒは「今頃思い出してすいません」とオリヴィエに謝った。

「あー……うん。いいよいいよ。大公殿下の可愛い笑顔と軍服姿のルシィが映ってるから。あとは自分で加工する。ありがとうね、ハインリヒ」

オリヴィエはハインリヒの頭を撫でようとして、すっとナチュラルに避けられる。

「どうして避けるの? ねえなんで? 僕らは友人でしょう? 親愛のスキンシップ」

「いや、その……なんとなく」

……その仕草、俺はなんとなく分かる。あれだろ? 好きな人以外に触られるのが嫌ってヤツだろ?

理央はハインリヒに共感したが、彼の頭を撫で損なったオリヴィエは、急に意地悪な笑みを浮かべた。

「ふうん……。ねえハインリヒ、君はもしかして恋人がいるの? だとしたら、それは誰? お兄さんに話してごらん? 恋愛に役立つ素敵なことをいっぱい教えてあげるよ~」

さすがはアムール星人。恋愛ごとであれば、どんな些細《ささい》なことも見逃さない。

ハインリヒは申し訳ないと思いながらも、ルシエルを楯に彼の背中に隠れる。

「オリヴィエ、いい加減にしろ。これ以上ふざけたら……」

そのとき、いきなり玄関の呼び鈴《りん》が鳴った。

「誰だろう。忘れ物でもあったのか？　俺、ちょっと見てくる」

理央は何も考えずに軽い気持ちで玄関へ向かう。

しかしいきなり、ルシエルに羽交《はが》い締《じ》めにされた。

「何すんだよ、ルシエルっ！」

「それはこっちの台詞だ」

ルシエルは、理央を友人たちに渡すと、一人で玄関に向かう。

「なんで……怒鳴ったんだ？　俺……何か悪いことをしたのかな……」

「大公殿下は何もせず、側近であるルシエルに任せておけばいいんです。ここには護衛はいないでしょう？　何かあったらどうしますか」

ハインリヒの言葉にオリヴィエとジョーンシーが頷いた。

「けど、ここは俺の領地で、城の離れだぞ？　呼び鈴を鳴らすとしたらアルファードさんか使用人しか……」

「そういう、無防備な考えは危ないって。ホントに」

ジョーンシーが唇を尖らせ、オリヴィエが彼の続きを口にする。

「君がわざわざ動かなくてもいいことには変わりないよ？　離れの備品《びひん》はすべて揃っているっ

てアルファードさんが言ってたじゃないか。どうして使用人が来るの？　何かあったら、電話をする方が早いでしょう？　夜も九時を回った。不審者の可能性が高いです」

　オリヴィエは優しく理央を諭し、それでようやく理央は理解した。

「俺……考えが甘かった？」

　はい、とても。

　友人たちは生温かい笑みを浮かべて、仲良く頷いてみせる。

「ハミード王子の運転手だった。渡し忘れていたものを届けに来たそうだ」

　戻ってきたルシエルは、手にビデオテープを持っていた。

「ああ、アレね。しかし人騒がせだな。ちょっと驚いたよ」

　オリヴィエは理央の肩をポンと叩き、ルシエルの元へ行かせる。

「大公殿下」

「それ以上言わなくても分かってる。俺が悪かった。みんなに言われてやっと気がついた」

　理央は頭を垂れて、ルシエルではなく彼の靴を見つめていた。

「では、私が言うことは何もありません。……ほら、そんな顔をしないで」

　ルシエルは理央の顔を覗き込み、彼だけが見ることができる優しい微笑みを浮かべる。

　理央は抱きついて甘えたい気持ちになったが、彼らが自分たちの関係を知っていても、人様の前でそんな大胆《だいたん》なことはできないので、ぐっと堪えた。

「どうしたんだ？　みんな集まって」

バスローブにスリッパという格好でリビングに戻ってきたリチャードは、首を傾げてルシエルに視線を向ける。彼の後ろには同じ格好のハミードもいて、「喉が渇いた」と無邪気に笑っていた。

「いや、なんでもない。……さて、みんな順番にさっさと風呂に入ってくれ。全員が風呂に入ったら、ビデオ上映会だ」

ルシエルは手に持ったビデオをひらひらと見せる。

「ん？　そのビデオは……」

ハミードは巻き毛から雫を垂らしながら、ルシエルが持っていたビデオテープを見つめていたが、「あっ！」と声を上げて手を叩いた。

「私が大公殿下に渡そうとしていたビデオテープだ」

「そうだとも。君の運転手が、わざわざ持ってきてくれた」

「……ああ、そうだった。持ってくるよう言っておいたのを、すっかり忘れていた」

ハミードはあっけらかんと言うと、水を求めて冷蔵庫に向かう。

「何のビデオを見るんだ？　ルシエル」

理央は小さな声で尋ねた。

「サプライズビデオなので、秘密です。ですが、大公殿下は絶対に喜ばれるかと」

「今日はサプライズづくしだな」

楽しんだり、怒られたり、気持ちよくなったり、落ち込んだりと、めまぐるしい。

理央は、これ以上のサプライズはもう起きないだろうと思った。


こぢんまりとしたソファセットをリビングの端《はし》に移動させ、寝室からマットレスをいくつか持ってきて床に敷《し》く。枕やクッションをその上に置き、友人たちが美形のトドのように寝転がってブランケットにくるまったところで、ルシエルが部屋の明かりを消した。

「うわー。なんか、子供の頃に戻ったみたいだ」

「というか、キャンプに来たみたいですね」

ジョーンシーとハインリヒのはしゃぐ声に、年長組が苦笑する。

ルシエルがビデオデッキのリモコンを操作すると、少し置いて大きなテレビ画面が明るくなった。

画質があまりよくない。音声も、人の声なのか雑音なのかよく分からなかった。

「個人が撮影したものだから、勘弁してくれ」

ビデオ提供者のハミードが、申し訳なさそうに呟く。

「あ、大丈夫です。……これって、何かの競技ですか？　会場が広くて、しかも……結構人が入ってる」

理央は体育座りをして、ルシエルにもたれながら尋ねた。

「ああそうだ。馬術だよ」

「馬術……。あれは障害のコース……で合ってるんだよな？　ルシエル」

「はい」

「なるほど」

理央はまだ何も気づいていない。

ただ、どこにどんなサプライズがあるのか知ろうと、食い入るように画面を見た。

スタート地点に、一人の選手が入場する。

尻尾《しっぽ》とたてがみを結った栗毛《くりげ》の馬に騎乗《きじょう》している男性は、審判《しんぱん》に敬礼した。

「あれ……？」

馬上の男性の顔がズームされた瞬間、理央は前のめりになった。

誰かに似ている。

いや、誰かではない。自分の父に似ているのだ。

もしかして。もしかして、この競技者は……。

理央は画面を見つめたまま息を呑《の》む。

「父さん……？」

「正解。このころはまだヘンリー王子だったけどね。私の父と交代で、ビデオ撮影しようと約束したそうだ。あの当時のビデオカメラは今のようにコンパクトじゃなくて、扱いが大変だったらしい」

ハミード王子の言葉に、理央だけでなくみんな驚いた。

誰も口を開くことなく、まだ王子だった頃の理央の父の手綱《たづな》さばきを見つめている。

人馬一体《じんばいったい》となって、優雅に障害を越えていくたび、会場から感嘆のどよめきが起きた。

理央は、亡き父の若い頃を初めて目にし、感動と興奮で胸を押さえる。

……父さんが生きてる。ビデオの中でだけど、確かに生きてる。俺が知ってる父さんは、もっと年を取っていて、でもすごく格好良くて優しくて……。この父さんは、一体何歳なんだろう。俺より年上かな？　それとも……俺より若いのかな。どんな風に話をするんだろう。俺の知ってる父さんと同じように、少しゆっくりした穏やかな口調で話すのかな？

理央はテレビ画面に映っている父を見つめ、叶うことのない問いかけを続けた。

「たしか……二十五かそれくらいの年だったと思うよ。この次がね、かなり笑えるんだ」

ミスもなく競技が終了したところで、画面が切り替わる。

そして、画面いっぱいに、オーデンの旗《はた》を持って歓声を上げているキャスリン皇太后の姿が映し出された。

友人たちは全員、失礼と分かっていながら「ぶはっ」と噴き出す。

「おばあちゃん、若いっ！　皺少ないっ！　あ、隣のおじさんとキスしてるし」

「大公殿下。あの紳士はあなたの祖父《そふ》です。先代《せんだい》のローレル公」

「本当か？　ルシエル。カッコイイじーちゃんだなあ……」

理央は感心して、一度も会うことなくこの世を去ってしまった祖父を見つめた。

再び画面が切り替わる。

今度はキャスリンとローレル公に挟まれたヘンリー王子が映っていた。

彼の首には銀色のメダルが輝いている。

「ん？」

理央はメダルの模様を目に入れた瞬間、自分の頬を思いきりつねった。

ウソでも夢でも何でもない。

四年に一度の世界的運動会、もとい、オリンピック。銀色のメダルには、その象徴である五輪マークがあった。

「父さんって、メダリストだったのか？　誰も教えてくれなかったぞっ！　凄すぎっ！　王子様でメダリストっ！　マジかよ……」

「ルシエル。大公殿下にヘンリー王のことをもっと話してやらないとだめじゃないか」

リチャードが呆れ声を出す。

「それはアルファードの役目だ。……まだ大公殿下に話すのは早いと思っていたんだろう」

「……う、うん。確かに。凄く驚いたし、プレッシャーを感じてますデス」

理央は掌にじっとりと汗をかいて、力なく呟いた。

国旗を背負って大会に出場する。それが選手にどれだけのプレッシャーを与えるか、理央は日本にいたとき、特集番組で見たことがある。

ビデオに残された父と同じように、あんな優雅に障害を飛び越せるだろうか。自分がオリンピックに出場できるレベルになるまで、あとどれくらい掛かるのだろうか。考え出したらきりがない。

「俺……フランス語よりも馬術に力を入れた方が……」

『おい、サイード。いつまで撮っているんだ？　もういいだろう？　今度は私が君を撮ってあげよう。ビデオカメラを寄越《よこ》してくれ』

父の声がはっきりと聞こえたので、理央は慌てて口を閉ざした。

『ほら。君のご両親も貴賓席《きひんせき》で待っているのだろう？　私は喜んで、君を褒め称《たた》えるよ』

ヘンリー王子はそう言って笑っていた。

笑い顔が自分によく似ている。声などそっくりだ。

姉である真理よりも、自分の方がより父に似ている。それが分かった瞬間、理央は涙を流していた。

画面が滲んでよく見えなくなっても構わない。

鼻をすする音が響いてもいい。

理央は聞きたかった父の声を聞き、笑顔を見ることができた。

こんな素晴らしいサプライズは、きっと二度とない。

嗚咽《おえつ》が漏れ、顔が涙でぐしゃぐしゃになる。

するとルシエルが、理央の頭にブランケットをかけた。

そして理央の肩をそっと抱き寄せる。

「今回のチャリティーパーティーに招待されたことを父に言ったら、是非ともこれを持って行けと渡されたんだよ。ずっと渡しそびれていたそうだ。大公殿下、これを受け取ってくれるかい?」

「は、はい……。ありがとうございます。俺……凄く嬉しい」

理央は頭からブランケットを被ったまま、何度もハミードに頭を下げた。

「亡きヘンリー王は馬術の天才だと聞いてはいたが、競技をしているところを見たのは初めてだった。素晴らしい」

上映会が終了してリビングに明かりがついた途端、リチャードが深く頷きながら呟いた。

「これで大公殿下がオリンピックに参加したら、マスコミは喜ぶだろうね。ゴシップには気をつけて」

ジョーンシーがアメリカセレブらしい台詞を言い、ブランケット越しに理央の肩をポンと優しく叩く。

「俺……オリンピックに出られるほど、馬術が……上手くなるかな？」

鼻声の理央の問いかけに、全員が「大丈夫だって」と答えてやった。

「あの……同情は……」

「何を言われるか、大公殿下。あなたに教授しているのはこの私。次の次のオリンピックには、絶対に出場します。そして団長はあなた。旗手《きしゅ》は私」

ルシエルの宣言に、理央はブランケットから少しだけ顔を出す。

「そう……だよな？　ルシエルが俺の先生だもんな。よしっ！　俺頑張るっ！　頑張って、メダルをオーデンに持って帰る。メダルの色は金色希望っ！」

理央は鼻の頭と目を赤くしたまま、勢いよくブランケットを剝いだ。

良くも悪くもルシエル効果。

理央はハインリヒからティッシュペーパーをもらって鼻をかむと、清々しい表情を浮かべる。

「湿《しめ》っぽくなってすいませんでした。久しぶりに父に会えて、それで嬉しくなっちゃって」

「それはよかった。……だが大公殿下、金メダルは少々言い過ぎかもしれないな」

ハミードはいたずらっ子のような笑顔を見せて、理央に言った。

「でも俺にはルシエルがいるしっ！　俺も頑張るしっ！」

「我が国は……かなり強いです。個人も団体も。メダルもたくさんあります」

ハインリヒの言葉に、ジョーンシーが「父が言うには、アメリカも強いそうだ」と口を挟む。

「確かにアメリカも強いね。だがフランスは、団体強しっ！」

「何を言うか。我が国を忘れてもらっては困る」

リチャードはクッションに頬杖をついたまま、低く笑った。

「面白いね、お国自慢。私は馬術もいいが、やはり競馬だ。強いよ、うちの馬は」

ハミードがにこにこしながら言った、そのとき。

突然電話のベルが鳴り響いた。

みな一斉に、暖炉の上の置き時計に視線を移す。

午後十一時十五分。

遅い時間に掛かってくる電話は、不吉《ふきつ》なものが多い。

そして、この離れの電話番号を知っているのは、シルヴァンサー城の家令執事であるアルフアードと、執務室職員だけ。

ルシエルは素早く立ち上がって電話を受けた。

「……どうしたアルファード。……え？　もう一度言ってくれ。……ああ……それで……？　よく聞こえないぞ……おいアルファードっ！」

ルシエルは受話器を握り締めたまま、ゆっくりと振り返る。

みな一斉にルシエルに注目した。

「電話が途中で切れた。……シルヴァンサー城に複数の不審者が侵入したらしい」

理央は、ルシエルが何を言っているのか理解できずに、口をポカンと開ける。

だが他の連中は違った。

「他に情報は？」

ハミードが鋭い視線を向けて尋ねる。

「目的は私たちらしい。使用人の一人を締め上げて、私たちが離れにいることを知ったと。電話はそこで切れた」

ルシエルはそう言って電話を切ると、すぐさま執務室の電話番号をプッシュした。

しかし。

「なぜホットラインで十回コールしても、誰も出ないんだ？　あり得ない」

ルシエルは眉を顰めて電話を切ると、今度はトマスの携帯電話の番号をプッシュする。

だが、こちらも同じ。コール音が延々と響くだけ。留守電にもならない。

「外の電話線をやられたな。……みんな、携帯電話を使ってみてくれ」

ルシエルの号令《ごうれい》に、みな素早く反応する。

しかし、誰の携帯電話も繋がらなかった。

「どういうことだ?」

リチャードは左手を腰に当て、携帯電話に文句を言う。

「この間、新しいのに替えたばかりなのに……」

オリヴィエは首を傾げ、ハインリヒはバッテリーを何度も挿《さ》し直していた。

ハミードとジョーンシーは顔を見合わせ、首を左右に振る。

「あ、あの……一体何が……起きてるんだ……?」

「大公殿下は、何があっても私の傍から離れないように」

ルシエルは理央の体を片手で抱き寄せた。

「だからルシエル。何が起きてるんだ? アルファードさんは無事なのか? 城のみんなは!?

不審者がなんでここに来るんだ?」

「大公殿下、落ち着きなさい。誘拐犯、政治犯……なんでもいい、とにかく犯罪者にとって、
ここにいる人間すべては、蜜よりも甘い存在なのです」

理央の目が大きく見開かれる。

彼はようやく、ことの重大さを理解した。

「え―――――っ!」

素《す》っ頓狂《とんきょう》な理央の声に、非常事態にもかかわらず友人たちは思わず噴き出した。

「大公殿下、お静かに」

「は、はい」

……って、ちょっと待ってくれ。複数の不審者が侵入って……つまり俺たちを殺したり攫《さら》ったりするってことか？　なんでこんな時に……っ！

理央は冷や汗を垂らして体を強ばらせる。

「ルシエル、軍人である君が指揮《しき》をしてくれ。私たちはそれに従《したが》おう」

ハミードの言葉に、ルシエルが頷いた。

そのとき。

外で何かが弾《はじ》けるような乾いた音が鳴り響く。

ルシエルは理央に覆い被さって床に伏せた。友人たちも同じ体勢を取る。

「地下にワイン倉庫がある。そこへ行くのがベストだ。今から明かりを消す。廊下に出て右に曲がり、寝室のドアの前まで行け。リチャード、大公殿下を連れて先頭を頼む」

「承知した」

どうしてこんな大事な時にルシエルと離れなければならないのか、理央には分からない。

ついさっきまで、傍にいろと言ったルシエルが、今は掌を返したように違うことを言う。

「ルシエル……っ」

「私がしんがりを務めます。大公殿下はリチャードと先に行くように。よろしいか?」

「………分かった」

ルシエルは理央から静かに離れると、壁際の照明スイッチに手を伸ばして部屋を暗くした。


バスローブ姿で床を這い蹲るのは初めてだ。

理央はリチャードに連れられ、寝室前の廊下まで動く。

ルシエルの名を呼んで、ちゃんと付いてきてるか確認したかったが、声は出せない。

みな息を潜めて、なるべく音を立てないように慎重に進んでいるのだ。

リチャードが薄暗闇の中、「ここだ」と手振りで皆に教える。

掌で床を触ると、たしかにはめ込みの取手が付いていた。

ほっと一息ついたのもつかの間、リビングから耳をつんざく爆発音が響いた。

誰も声を上げない。

だが、緊張しているのが分かる。

ルシエルがまだ来ていないのに、あんな凄い音が響いた。ガラスの割れる音もした。どうしよう、どうしよう。

理央は大声でルシエルを呼びたくてたまらない。

口の中がカラカラに乾いているのに、反対に掌はびっしょり汗をかいている。

理央は、自分が泣きたいのか叫びたいのか分からず、唇を嚙み締めて体を震わせた。

「中に入っていた方がいいな」

リチャードはできるだけ小さな声で言い、はめ込みの取手に指をかける。

扉はずっしりと重く、リチャードは低く呻いて持ち上げた。

拳一つ分の隙間ができたところで、オリヴィエとハミードが扉を摑み、力を合わせて持ち上げる。

「大公殿下、先に入りなさい」

「まだルシエルが来てない」

「彼なら心配ない。あなたが入らないと、他の連中が入れない。早く」

リチャードはそう言って、片手で理央の肩を叩いた。

ひやりとした空気に包まれた、地下への入り口。

理央は石造りの階段を慎重に下りていく。

一番下まで下りたところに、小さな踊《おど》り場、右には重厚な壁。

理央は両手で扉を押し、真っ暗なワイン倉庫に足を踏み入れた。

石畳の床は冷え冷えとした空気を湛《たた》えている。

「真っ暗だね。……でも、どこかに明かりのスイッチがあるはずだ。壁を触《さわ》って調べてみよう」

背後にハミードの声がする。

理央は彼に言われたとおりに手探りで壁に触れる。

程《ほど》なくして、何かが指先に触れた。

理央がそれを押すと、天井《てんじょう》の低い部屋に淡い光が灯《とも》る。

小さな裸《はだか》電球だが、明かりがあると気持ちが落ち着いた。

ワインを保管するに丁度いい温度は、人間には少し寒い。

それでも、倉庫は頑丈《がんじょう》な石造りで扉も分厚い。隠れるにはもってこいだ。

「明かりがついてよかった。全員……いるな」

リチャードは淡い光の中で友人たちの顔を確認するが、理央は納得しない。

まだルシエルが戻ってきていないのだ。

「何か床に敷くものはないかな……」

いつまでも突っ立っていては疲れる。オリヴィエはジョーンシーとハインリヒを引き連れて、倉庫を探索《たんさく》し始めた。

「どうせなら、飲み食いできるものも持ってくればよかった」

ハミードの呟きに、リチャードが頷く。

そんなことを言ってる場合じゃないだろうがっ！　まだルシエルが戻ってきてないんだっ！

理央は両手の拳を握り締め、彼らに背を向けた。

ルシエル、無事でいてくれ。今日で最後だなんてナシだぞ？　馬術もフランス語も、もっと教えてもらわなくちゃならないんだ。俺はルシエル以外の先生なんて絶対に嫌だ。

倉庫の奥の方から「シートを見つけたよ」と、オリヴィエの声が聞こえる。

シートがなんだ。それよりもルシエルの方が大事なんだっ！　俺の大事な恋人なんだぞっ！

理央は心の中でそう怒鳴ってから、ふと、奇妙《きみょう》な違和感を感じた。

「俺は……」

さっきからずっと、自分のことばかり考えて、文句ばっかり頭に浮かんできて……。ちょっと待て、冷静になれ理央。お前はホストだろうが。当主だろうが。何かあった場合、来客の安全を考えなくちゃだめだろう。しかもみんな「大事な友人」だ。何やってんだよ、俺っ！　本当にバカだ。

理央は乱暴に髪を掻き上げ、表情を引き締める。

俺はルシエルを信じてる。ルシエルなら、何があっても絶対に大丈夫。……だったら、彼の安否《あんぴ》を気遣《きづか》うのではなく、友人たちを気遣えっ！　みんな文句を口にせず、今自分ができることをしてるじゃないかっ！

自分勝手なことをしたり思ったりしていては、ルシエルに笑われる。

理央は両手で頬を叩くと、シートを敷く手伝いをしようときびすを返し……。

「ルシエル……」

大きな荷物を抱えて階段をゆっくりと下りてくるルシエルの姿が目に入った。

「遅れて申し訳ない、大公殿下」

ルシエルは理央を安心させる微笑みを浮かべる。

「う、うん。……俺は、大丈夫……。怪我《けが》はしてないか？　ルシエル。物凄い音がしただろ？　何か爆発したのか？」

理央は急いでルシエルに駆け寄り、彼の体に触れて傷がないかどうか確かめた。

「壁が壊されました。しかし、この場所はまだ見つかっていません」

「そうだな。上と違って、このワイン倉庫は凄く古い作りになってるもんな。扉も重い。ただ、天井が少し低いから、ジョーンシーさん以外はみんな体を屈《かが》めて歩いてる。あ、でも、電気は通ってた。ケーブルを切られなくてよかったよ。やっぱり、明かりがないと心細い」

「離れは、地下以外は改築《かいちく》してあります。もともとここは、穀物《こくもつ》倉庫でした。それを、ヘンリー王が友人たちと過ごせるものにしたと」

ルシエルは背中に荷物を背負うと、体を屈めてワイン倉庫に入る。

「飲み物と食べ物を、持てるだけ持ってきた」

床にシートを敷いていた友人たちは、ルシエルの帰還《きかん》よりも食べ物の到着に喜んだ。

友人たちは、ルシエルが持ってきてくれたブランケットに身を包み、シートに腰を下ろしながら彼の話を聞く。

「侵入者は全部で五人。みな武装《ぶそう》していた。外に大きなトラックが停まっていたので、おそらく誘拐目的ではないかと。素早く行動できてよかった。だが奴らは、未だ私たちの行方を捜《さが》している。明日の朝七時三十分まで、このワイン倉庫の扉を死守しなければならない」

ルシエルの話を聞いていたオリヴィエが、発言を求めて挙手《きょしゅ》した。

「なぜ七時半？　セキュリティーの都合か？」

「城のセキュリティーシステムが破壊されれば、むしろ即座《そくざ》に特殊部隊がやってくるんだが、何の音沙汰《おとさた》もないことから、どうやら破壊せずにハッキングして改竄《かいざん》したようだ。だがシステムとは別に、アルファードが無事なら、毎朝七時に執務室と連絡を取っている。それがない場合は、特殊部隊がやってくる仕組みになっている。俺の知る限り、アルファードが連絡をしなかったことはない。特殊部隊は、どんなに急いでもシルヴァンサー城に到着するのに十五分。城の使用人から話を聞き出すのに五分。ここにやってくるまで十分。だがこれも、城が占拠《せんきょ》されていなければの話だ」

「つまり、死守の最短時間が明朝七時三十分までということか？　ルシィ」

「そうだ。その前に連中が諦《あきら》めてくれれば、どうにでも逃げられるんだが」

「そうだね。明るくなれば、不審者は目立つ。目撃者も増える」

　オリヴィエの呟きに、ルシエルは軽く頷く。

「私たちは、一人一人が金の卵を産む鶏《にわとり》というわけだ。……このメンバーが集まることを事前に知っていたのは誰だ？　ルシエル」

　リチャードの声は、ルシエルを責めるように鋭い。

「私とトマスだけだ。しかし、パーティーが終了したとき、城に入っていく私たちの姿を何人もの招待客に目撃されている。そして、シルヴァンサー城の使用人も、外部と連絡を取るだけの時間は充分あった」

「ふむ。結局は誰が内通《ないつう》していたのか分からないと。そういうことか」

「ああ」

　招待客の中や城の使用人たちの中に犯罪者はいないはずだ。理央はそう信じている。

けれど……。

「あ、あの……っ！」

　理央はシートの上に正座をして、真剣な表情で友人たちを見つめた。

「大事が起きたのは、俺の責任です。俺が……深く考えもせずに簡単に提案した。勝手な判断で大丈夫だろうと思った。軽く考えてた。だから、こんなことになったんです。謝って済む問題ではないけれど、本当に申し訳ありませんでした。でも今から……、シルヴァンサー大公リオ・ジョエル・ハワードが、みなさんの命をお守りします。ここは俺の領地。侵入者に好き勝手はさせません」

　理央はそう宣言して、彼らに深く頭を下げた。

　ハミードは腕を組んで理央の顔を覗き込む。

「大したことがないと思っていた自分の行為が、思いがけない事態を招くと、理解したかい？」

「はい」

「私たちのような立場の人間は、いつどこで他人の利害関係に巻き込まれるか分からない。だからこそ、当然のように警護をつけるし、思慮《しりょ》深くもなる」

「はい、よく分かりました」

　今の理央には、初対面の時に感じた、「とりあえず大公です」というふらついた雰囲気は少しもない。

　若いながらも、立派な大公だ。

　友人たちは顔を見合わせ、深く頷く。

「よくぞ言った。……だが大公殿下はまだ経験が浅い。ここは一つ、年長者の助言を聞いてみないか?」

リチャードは、もったいぶった拍手をしながら言うと、ルシエルを一瞥してニヤリと笑う。

「ルシエル。もったいぶってないで、さっさと武器の在処《ありか》を教えろ」


どうしてワイン倉庫に銃器《じゅうき》があるんだろう。

さっきちらりと見えた小型のパイナップルのようなものは、もしかしたら手榴弾《しゅりゅうだん》だろうか。

戦争映画で見たことのある、特殊な形の銃もいっぱいある。

理央は格好良く宣言したのもつかの間、目の前で繰り広げられている「銃器博覧会」に唖然《あぜん》とした。

「ねえねえ、バズーカはないの? バズーカ。ロケットランチャーでもいいよ」

ジョーンシーは両手にライフルを持ったまま、ルシエルに偉そうに尋ねる。

「あるわけないだろうが。あれを使ったら、余計な物まで破壊してしまう」

「でも、ルシエルなら持ってそうだよね、ハインリヒ」

「え? あ、ああ……そうですね。私はこれがいいな」

ハインリヒは大事な宝物を扱うように、両手で銃を抱き締めて微笑んでいた。

ハミードはそれを見て「やるな、カラシニコフ。渋い……」と呟く。

「ルシィ。武器があるのは嬉しいけど、なんでこんなにたくさんあるんだ？」

「俺の趣味で集めた」

この量とマニアック度は、どう考えても趣味の域《いき》を越えているが、ルシエルはオリヴィエの疑問に素《そ》っ気《け》なく答える。

後ろの方では、リチャードが「やはり狭《せま》い空間はハンドガン」と呟きながら、掌にしっくりくるものを物色《ぶっしょく》していた。

……もしかしてこの人たち、この緊急事態を楽しんでる？　というか、随分と慣れた手つきで銃器を触ってますね。暴発《ぼうはつ》したら大惨事《だいさんじ》だと思うんですけど……。

理央はもう、心の中で突っ込むしかない。

こうなったら、朱《しゅ》に交《まじ》わって赤くなってしまえばいいとばかりに、銃器の入っている木箱に手を伸ばした。

しかしルシエルに手首を掴まれる。

「どうしてだ？　俺は大公として、自分の失敗の責任を取らなくちゃならない。だから、ワイン倉庫死守に参加するんだ。大丈夫、大きな銃は持たないから」

「大公殿下。あなたは銃を扱ったことは？」

理央は元気よく首を左右に振った。

ルシエルは眉間に皺を寄せて、理央に顔を近づける。

「そうでしょうとも。私はあなたに銃の扱い方は教授してない。危険ですので、後ろに下がっていなさい」

「嫌だ。安全装置を外して引き金《がね》を引けばいいんだろう？　テレビや映画でよくやってる。その通りにすれば、俺にだって扱えるはずだ。大きなものは選ばないから」

だが、理央が手を伸ばして摑もうとしていたのは、アサルトライフルFAMAS F1。

両手で抱えるようにして持つ、四キロ弱の自動小銃《しょうじゅう》だった。

本来、訓練された軍人が使用するもので、素人の理央に扱えるはずがない。

「大公殿下」

「ハインリヒさんも、似たようなのを持ってる」

「彼はドイツ陸軍での銃器取扱研修《とりあつかいけんしゅう》を、半年間受けています。オーデンに来てからも、マリエルのところで定期的に射撃《しゃげき》訓練をしています」

話を振られたハインリヒは、「父が元軍人なんです。それで半《なか》ば強引に」と、あさっての方向を見つめて力なく笑った。

「ルシエルは軍人だから銃が扱えるのは分かるけど、他のみんなは？　軍人じゃないだろ？」

「ですが、みな狩猟《しゅりょう》などで銃を扱ったことがあり、基本動作はマスターしています」

こんな大事なときに役に立たないなんて……最悪だ。

理央は悔しそうに項垂れる。

ルシエルは理央を座らせ、自分はその前に跪く。

「私は大公殿下の武器です。手足のように使いなさい。あなたの命令で、私が彼らを守ります」

彼は右手を胸に当て、理央を熱く見つめた。

その様子は、まるで中世《ちゅうせい》の騎士《きし》だ。

「ルシエル」

理央はルシエルの首に両手を回し、彼の体をきつく抱き締める。

「今夜の攻防戦《こうぼうせん》が終わったら、銃の扱いも教えてくれ。大事に役に立たないのは嫌だ」

「承知しました」

ルシエルは理央の体を抱き締め返し、彼の髪にキスを落として背中を優しく叩いた。

その様子を、友人たちはだらしない笑顔を浮かべて注目する。

「なんだよもう〜。ワイン倉庫の気温が上がっちゃうよ。もう少し、人目をはばかってほしいね」

オリヴィエは自分の言動は棚に上げ、唇を尖らせて文句を言った。

「でも、ルシエルが『この戦いが終わったら結婚しよう』とか言わなくてよかった」

「あ、それは危険。死亡フラグが立つワードですね」

「そうそう。ハリウッド映画じゃ、それを口にしたキャラクターは、十中八九死んじゃう」

「緊迫《きんぱく》した状態なのに未来を語ってしまうと……あれ？」

ジョーンシーと楽しく話をしていたハインリヒは、頬を引きつらせて口を噤《つぐ》んだ。

「ルシエル。大公殿下にハリウッド映画の死亡フラグが立ったぞ。命がけで守れ」

リチャードは笑いを堪えながら、酷いことを言う。

「だめだよ、大公殿下。『今夜の攻防戦が終わったら』とか未来を語っちゃ」

ハミードなど、笑いを堪えてもいない。

「まったく。最悪の友人たちだな。大公殿下の傍にいるのは私なんだぞ？　くだらないことを言っている暇があったら、弾《たま》を抜いて銃の動作確認をしていろ」

ルシエルは彼らに軽口を叩いてから、改めて理央を見つめた。

「俺はまだ、『縁起の悪いオマケの王子様』かもしれない。でも頑張って、ルシエルの足を引っ張らないようにする。だからみんなで、一緒に朝日を見よう」

「大公殿下。それ以上ご自分に死亡フラグを立ててどうされる。あなたは黙って私に守られていなさい。お分かりか？」

「取り敢えず、今日のところは……お分かりです」

大公殿下は自分の立場はしっかり把握したものの、守られっぱなしは嫌だと言葉と表情でアピールする。

ルシエルは苦笑して、仕方のない子だと理央の額にキスをする。

それをしっかり見ていたオリヴィエが「僕にもっ！」と騒いで、ワイン倉庫は別の意味で騒《そう》然《ぜん》となった。


みな、銃を片手にシートの上で座っている。

すぐ立ち上がれるように片膝《かたひざ》を立ててブランケットにくるまっている姿は軍人だ。

バスローブ姿で足下《あしもと》はスリッパを履《は》いていても、妙に格好良く見える。

ルシエルはアサルトライフルのショルダーを肩にかけ、扉の向こうへ足を向けた。

「ルシエル。どこへ行く」

小さなリンゴとミネラルウォーターのペットボトルを持ってうとうとしていた理央は、慌てて彼の後を追う。

「連中の動向《どうこう》が気になるので、階段で待機します」

いつもの理央なら、ここで「俺も一緒に行く」と駄々《だだ》を捏《こ》ねただろう。

だが今は違った。

理央はルシエルの腕に自分の手を伸ばしかけたが辛《かろ》うじて踏みとどまり、深呼吸をする。

「分かった。ルシエルは強いから大丈夫だ」

理央は自分に言い聞かせるようにそう言うと、どうにか笑顔を作って見せた。

ルシエルは理央の頬に触れるだけのキスをして、重厚な扉を軋《きし》ませて人一人が通れるだけのスペースを作る。

「私を信じなさい」

「うん。信じてる」

理央は何度も頷くと、扉がきっちりと閉まるまでずっとその場に立っていた。

「大公殿下。こっちにおいで」

ハミードが理央を手招きする。

理央は素直に彼の横に腰を下ろした。

ワイン倉庫は冷える。だからみんな、犬のように身を寄せ合って暖《だん》をとる。

「あそこで駄々を捏ねると思っていたよ」

「はは。……そういう状態じゃないでしょう？　俺がルシエルについていったら、何か起きたときに足手まといになる。ずっと傍にいると約束しても、こういう場合は仕方がないです」

「うん。彼は訓練された軍人だ。任せておけばいい。それに、デスサイズが死ぬわけがない」

デスサイズは、ルシエルの愛機の名だ。

理央は目を丸くして、ハミードを見つめた。

「軍関係者の間じゃ有名だから。『お空の王子が死神の鎌を持って追いかけてくる』って」

「お空の王子というか……あの操縦は悪の帝王です。俺が後ろに乗ってるのに、あいつ、模擬戦を始めたんですよ？　俺が喜んで叫んでると思ってたそうです」

「それは酷い」

「でしょう？　おかげで俺は、トイレと親友になりました」

その言い回しがおかしかったのか、ワインのコルクをコマ代わりにチェスをしていたリチャードとオリヴィエが小さく笑う。

「戦闘機と空が好きだというのは分かったんですが、銃のコレクションをしているとは知らなかったな。どうやって集めたんだろ。ルシエルのことだから、法律に引っかかるようなことは絶対にしないと思うけど」

「彼は自分のことはあまり話さないの？」

「言われてみれば……そう……ですね。俺が強引に聞き出すことはあっても、ルシエルは自分から言おうとはしない。あの通りの性格と綺麗な顔でしょう？　最初は何か聞くのも怖くて、いちいちビクビクしてました。初めて会ったときなんか、俺ずっと睨まれてたんです。『なんで俺が、この子供の教育係をしなくちゃいけないんだ？』という心の声が、体全体にみなぎってた。怖かったなあ」

しみじみと呟く理央に、ジョーンシーが乗ってきた。

彼もどうやら、ルシエル絡みで恐怖体験をしたらしい。

「だよね、だよね？　僕なんか、初対面で彼のスーツにコーヒーを零《こぼ》しちゃったんだよ？　あの時は死を覚悟した。……父が、オーデンにホテルをオープンさせる前に向こうの貴族と仲良くなっておきなさいって言ったから、カフェで待ち合わせしたんだけど。トマスがいてくれて本当によかった」

彼らには、スーツにコーヒーを零された時のルシエルの表情が即座《そくざ》に想像できた。

「それは……なんて恐ろしい。無事でよかったですね、ジョーンシーさん」

その途端、理央はいきなりジョーンシーにストップをかけられる。

「大公殿下。その、『さん付け』はナシでいこうよ。僕たちは友達でしょ？　ここにいるみんなは、年齢や地位に関係なく、みんな名前を呼び捨てだ。だって友達だもん」

「ええと……。本当にそれでいいんですか？　俺、ルシエルに怒られそう」

申し出はとても嬉しいが、理央は少々気後れした。

「私が許す。それならば、ルシエルも小言は言うまい」

未来のダイヤー公爵様は、指先でコルクを弄びながら偉そうに言った。

「リチャードさん……リチャードがそう言ってくれるなら、喜んで。では、俺のこともリオと呼び捨てにしてください」

ルシエルが怖いから、それは無理。

友人たちは全員、生温かい笑みを浮かべて首を左右に振った。

「……んー……まあ、でも、それじゃ一人だけ特別扱いみたいだから、愛称を『大公殿下』にするというのはどうだろう。いや、実際も大公殿下なんだけど、気持ち的に」

石油の国の王子様は、本当に気遣いが上手い。

ハミードの提案に、友人たちは「それがいい」と口々に言った。

「……しかし、あのルシエルが大公殿下に首ったけとはな。学生時代から男女かかわらずモテてはいたが」

「リチャードはルシエルと同じ学校だったんですか？」

「大学が同じだった。オックスフォード。パトリックも一緒だ。次の年には、トマスが入学してきた。オーデンの王族男子は、大学はオックスブリッジと代々そう決まっているらしい」

オックスフォード大とケンブリッジ大の両校を併《あわ》せて言う場合「オックスブリッジ」となる。

リチャードは理央にオーデン王族の進学についてを説明した。

「俺……オーデン大……の学生……なんですが」

リチャードの言葉にショックを受けた理央は、「王族なのに地元でいいのか」と項垂れる。

「大公殿下の場合は、英語という避けては通れない難関があったので、とにかく地元の大学で慣れてもらってからイギリスへ留学させればいいと、トマスが言っていましたよ？」

ハインリヒが「トマス情報」を流してくれたおかげで、理央は心が軽くなった。

「あ、そっか。俺の母国語は一年半前までは日本語だったんだ。なんだ、安心した。ルシエルとトマスさんがオックスフォードだったなら、俺もオックスフォードに行こう」

隣の学区に転校する、理央はそんな軽い感じで呟く。

「頑張りたまえ。ちなみに、オックスフォードには三十九のコレッジがある。詳細はルシエルに聞けばいいだろう」

友人たちは、「君に入学できるのか」という嫌みを言わなかったリチャードに感心した。

彼は彼で、ルシエルと離れている理央を気遣ってやっている。

「私は、オリヴィエと同じように、幼い頃にルシエルと出会った。もっとも、私の方が七歳年下だから、幼かったのは私の方だがね。うちとオーデン王室は親しかったから、そのつてでブリティッシュ式の乗馬の稽古《けいこ》をつけてもらった。『ハミード王子は筋がよろしい。私も教え甲斐があります』と、父の前で誉めてもらったときは、天にも昇《のぼ》る気持ちだった。ルシエルはずっとしかめっ面だったから、絶対に嫌われていると思っていたんだ」

その時の気持ち、物凄くよく分かる。

理央を含めた全員が、何度も深く頷いた。

滅多に誉めてくれない相手の誉め言葉は、宝石のように光り輝くのだ。

「私は……トマスの紹介でした。父の話に『オーデンのデスサイズ』はよく出てきて、どれだけ恐ろしい屈強な軍人かと思っていたら、待ち合わせの場所に現れたのは目にも眩しい王子様でしょう？　ですが……性格はまさにデスサイズ。まあ、裏表《うらおもて》がないので慣れると付き合いは楽です」

ハインリヒは「初対面の時にトマスがいて、本当によかった」と、胸を撫で下ろした。

「ふうん。私は、ルシエルを恐ろしいと思ったことは一度もないぞ？」

「リチャード。それは『君』が『君』だから。性格がよく似ているよ。それで馬が合うんだから不思議だ。僕はお互い子供の頃に出会っていてよかったと思う。あの頃のルシィは、口数が少なくて控えめで大人しく、本当に天使のようだった」

オリヴィエは、フランス語で天使を意味する「アンジュ」を何度も繰り返す。

理央は、自分の知らないルシエルの話が楽しくて、自然と笑みが浮かんだ。

「私たちがこうして友人になれたのは、トマスのおかげなんですよ、大公殿下」

ハインリヒは、どうしてもトマスの話がしたいらしい。

オリヴィエは「愛だね〜」とからかって、ハインリヒの顔を赤くさせる。

「……トマスが、食事会やパーティーによく誘ってくれたんです」

「それはハインリヒだけじゃないのかな〜」

「オリヴィエは黙っててください。……そこでですね、大公殿下。私たちは紹介され、新たな友人関係を築《きず》くようになったんです。トマスは気《き》が利きますね」

あ、もしかしてハインリヒは……トマスさんと友人以上のお付き合いをしているのかな？

理央は、オリヴィエにからかわれて顔を赤くしているハインリヒを見つめ、そう思った。

「……俺、ルシエルに愛想を尽かされないように頑張ろう」

「今でも充分頑張ってるよ。現状維持で大丈夫」

ハミードの優しい言葉が嬉しい。

そのとき理央は、重大なことを思い出した。

「ビデオテープ。ハミードにもらったビデオテープを、リビングに置きっぱなしにしてきた。大事なものなのに……置いてきた。もう……二度と見られないかもしれない」

若い頃の父の姿と声が残っている、大事なビデオテープ。

あの頃の父は、容姿も声も自分にとてもよく似ていて、実《じつ》の兄のようだった。

父は亡くなってしまって、若い頃の話を聞くこともできない。

理央にとって、父の若い頃を知る、大事な大事なものだった。

無謀《むぼう》と分かっていても取りに行きたい衝動に駆られる。

しかし。

「これは……もう、仕方がない。ここで俺が取りに戻って……誘拐されたり怪我を負《お》ったりしたら、ルシエルが悲しむ。きっと、みんなにも迷惑がかかる。見ることができただけでもよかったんだ。うん、そうだ」

理央は、手にしていたリンゴとペットボトルを床に転がすと、両手の拳が白くなるまで強く握り締めた。

さっきまで騒がしかったワイン倉庫が、しんと静まり返る。

「随分静かだな。ルシエルはどうしているんだろう」

リチャードが静寂《せいじゃく》を破り、ため息混じりに呟いた。

「そうだね。……相手は、私たちが見つからないことに焦っていると思うんだが」

ハミードも首を傾げる。

「ルシエルは、何か相手に仕掛《しか》けているんでしょうか？　彼は軍人だから、そういうことをしそうな感じです」

「陸軍や海兵隊《かいへいたい》なら分かるけど、ルシエルは空軍の軍人でしょ？」

ハインリヒの言葉を聞いて、ジョーンシーが素朴な疑問を口にした。

「……でも、ルシィなら『人の縄張《なわば》りで何をするか』と、立ち向かうよ」

オリヴィエは銃を抱き締めたまま、苦笑混じりに言う。

ああその通り。

友人たちは顔を見合わせ、首を縦に振る。

しかし軍人ではあるが、ルシエルはオーデンの王位継承権を持った貴族だ。

彼に限って捕まることはないと思うが、万が一の場合、高額の身代金を請求されるだろう。

そんなこと、絶対にだめだっ！

理央は唇をきゅっと嚙み締め、おもむろに立ち上がる。

「俺、ルシエルの様子を見てきます。彼の無事を確認したら、すぐに戻ってきますから心配しないでください。本当に、すぐ戻ってきますから」

「反対だ」と口を開こうとしたリチャードを手で制し、理央は真剣な表情で友人たちを見た。

「すぐに戻ってきます」

ルシエルの様子を見に行くのは、俺以外にはいない。だってみんな大事な友人だし、お客様でもある。それにここはオーデン。俺の国だ。

理央はブランケットを肩にかけリンゴとミネラルウォーターのペットボトルを持って、重厚な扉に向かった。


扉を開けて階段下にやってきた理央は、ルシエルが階段の中程で呻き声を上げているのに気づいて、慌てて駆けつけた。

「ルシエル、どうした？　銃で撃たれたのか？　それとも、殴《なぐ》られた？」

「いや……、足を滑《すべ》らせて……尻餅をついた」

なにそれ。

理央は険しい表情を浮かべてルシエルの前に座り込んだが、彼の返答を聞いて口をポカンと開けた。

「ルシエルでも……ずっこけたりするんだ……」

「大公殿下」

「ん?」

「なぜあなたがここに? 勝手な行動は慎むと言ったのは、どこの誰ですか」

ルシエルは壁に寄りかかって一息つくと、すかさず理央に小言を言う。

「あまりに静かだから、みんなルシエルのことを心配してた。俺はちゃんと考えて、自分の意志でここに来たんだ。尻餅をついて呻いてるルシエルを助けることができてよかった」

理央の真面目な呟きに、ルシエルは小さく笑った。

「まいった」

「ほら水。喉が渇いてるだろ。早く飲め」

ルシエルは素直にペットボトルを受け取り、二口三口飲んで喉を潤す。

「リンゴもある。糖分は疲れたときに摂取《せっしゅ》するといいから、これも食べろ」

「……大公殿下が、リンゴを持って私を誘惑しに来たと」

リンゴは肉欲の象徴。

その意味を知らない愛しい恋人が、リンゴを手にして現れた。

ルシエルは照れ臭そうに微笑むと、「俺は甘いな」と呟いて、理央からリンゴを受け取り、気持ちのいい音を立てて囓《かじ》った。

「美味しい？」

「ああ」

「ここ、寒いな。ルシエルに寒い思いさせてごめん。これ、使ってくれ」

理央は自分が体に巻き付けていたブランケットをルシエルの肩にそっとかける。

「状況は？　床下の扉は、見つかったりしてないか？」

「今のところは。廊下を歩く音は時折聞こえてきますが」

「そうか。……でももし扉を発見されたら、すぐにワイン倉庫へ戻ってこい。絶対に応戦《おうせん》するな。分かったか？　ルシエル」

「それは命令ですか？」

「命令だ。シルヴァンサー大公の命令だ。絶対に聞け」

「御意《ぎょい》」

「……うん。絶対に、何があっても怪我すんな。俺……二度とルシエルに会えなくなるなんて嫌だ。今回の事件は、俺の軽率《けいそつ》な行動が引き起こした。それでルシエルが酷い目に遭ったら」

ルシエルは何も言わず、理央の呟きを聞いた。

「ルシエルの小言が聞けなくなるのが嫌だ。誉めてもらえなくなるのが嫌だ。キスできないなんて嫌だ。抱き締めてもらえなくなるのは嫌だ。セックスできなくなるのも嫌だ。ルシエルが俺の前からいなくなったら……俺はこの先……生きていく自信がない」

「大公殿下」

「俺……何を言ってんだろ。緊張しすぎて、頭に上手く血が回ってないのかな？　だったら、俺が今、何をしても……混乱してるで済まされるよな？　俺、ルシエルと……」

理央は向き合うようにルシエルの膝に腰を下ろし、彼の頬に手を添えて自分からキスをする。すぐに戻ると言った台詞は、ルシエルの無事な姿を見た瞬間、どこかに消えた。

友人たちは何が起きても絶対に守る。だが理央は、自分とルシエルがどうなってしまうかまでは考えなかった。

だから今。この緊急時にもかかわらず、理央はルシエルにキスをした。

これが最後になっても構わないように。

「これだけで終わりにしてもいい。……バカなことをするなと叱ってくれ。でも、そうでないなら……」

理央は名残惜しそうに唇を離すと、俯きながら呟いた。

ルシエルは何も言わずに、理央の体を力任せに抱き締める。

それが「答え」となった。

暗く不安定な場所で抱き締め合い、貪《むさぼ》るようにキスをする。

他人に気づかれないよう、声は絶対に出さない。

石壁に響くのは、二人の吐息と衣擦《きぬず》れの音。キスで混ざり合う唾液の音だけ。

理央は足を広げてルシエルの膝に乗り、後ろから抱きかかえられた格好で、ルシエルの指に翻弄《ほんろう》される。

声を出せないのが、こんなにもどかしくて苦しいとは、彼は思ってもいなかった。

着ていたバスローブの合わせは淫《みだ》らにはだけ、理央の体を隠すものは何もない。

そこに、ルシエルの長い指が這い回る。

小さな胸の突起を挟むように平らな胸を揉《も》まれると、理央は自分の指を噛んで声を堪えた。

なのに指の動きはますますいやらしく、理央の胸の突起が赤く熟れるまで執拗に弄ぶ。

小刻みに弾かれ、指の腹でゆるゆると撫でられる。

理央は快感に体を強ばらせ、瞳を涙で潤ませた。

雄は既に硬く勃ち、胸の突起が甘く責められるたびに先端から蜜を溢れさせる。

切なさと苦しさで胸の奥がぎゅっと締め付けられた。

息がどんどん荒くなる。

理央は「ルシエル」と唇を動かして、大胆な愛撫をねだった。

このままでは、切なすぎて泣き出してしまう。

だから助けてほしい。

理央は左手を自分の股間に移動させ、熱く脈打つ己の雄を握り締める。

「それはだめだ」

ルシエルは理央の耳に唇を押しつけて囁き、彼の左手を股間から引き離す。

理央は「いやだ」と首を左右に振るが、ルシエルはその願いを無視した。

「口で可愛がってやりたい」

それをされたら絶対に声が出る。

温かな口腔にすっぽりと包まれ、器用な舌先で敏感な場所を余すところなく責められるのだ。

理央はルシエルの両手を摑むと、「指でしてくれ」と自分の股間に押しつける。

だがルシエルは、ブランケットを敷いた階段に理央を座らせ、左右に大きく足を広げた。

「だ……だめ……だめ、だ……っ」

自分で誘っておいて、理央は、自分の股間に顔を近づけるルシエルに動揺した掠れ声を聞かせる。

「嫌がっていない」

ルシエルの言うことはもっともだった。

理央は枷《かせ》がないのに足を閉じようとも、また隠そうともせずに、自分のもっとも恥ずかしい場所を恋人の前に晒《さら》している。

それどころか、とろとろと蜜を溢れさせて淫靡に誘う。

暗闇でも関係なかった。ルシエルの前で淫らな格好をしていることが、理央の劣情《れつじょう》を煽る。

「酷く……しないで……くれ」

ルシエルは理央の囁きに小さく笑い、彼の雄を時間をかけてじわじわと銜えた。

唇で雄の輪郭《りんかく》をなぞられ、舌先で敏感な場所をくすぐられる。

理央は両手で口を押さえて、激しい快感を必死に堪えた。

酷くしないと言ったのに、ルシエルの舌の動きは理央をとことん苛め抜く。

もっとも敏感な先端へ舌を挿入《そうにゅう》させるかのように、激しく何度も突き、乱暴に吸い上げる。

そのくせ、理央が達してしまいそうになると、波が引くように動きを止めるのだ。

それを何度も繰り返された理央は、息も絶《た》え絶えに階段にもたれる。

角が背に当たる痛みまで、今は理央を苛《さいな》む快感になった。

股間は蜜と唾液でぐっしょりと濡れ、その雫が後孔へと伝っていくのが分かる。

理央は一度も達することができないまま、今度はルシエルの指で後孔を愛撫された。

濡れそぼって柔らかくなったそこは、ルシエルの指を二本、難なく飲み込み、もっと奥へ誘おうと締め付けてくる。

理央の肉壁《にくへき》に侵入した指は、彼がもっとも感じる場所の一つを、指の腹で優しく押し上げた。

そこだけの刺激で理央が達しないよう、慎重に。じわじわと。

達するほどの刺激を与えられないまま、時間をかけて前後を愛される。

快感を完璧にコントロールされた理央は、許しを請うても聞き入れてもらえず、甘い責め苦を耐えるしかない。

理央はルシエルに下肢を囚《とら》われたまま、頭の中まで快感に犯された。

ルシエルは理央の股間から顔を上げると、彼のすすり泣きを堪能する。

「リオを思う存分味わわせてくれ」

息の荒い上ずった声を聞き、理央は小さな声で「分かった」と囁いた。

ルシエルは再び理央の雄を口に含むと、強く吸い上げると同時に指で激しく突き上げる。

理央は必死に両手で口を押さえ、体をひくつかせながら蜜を迸《ほとばし》らせた。

ルシエルは当然のようにそれを嚥下《えんか》し、愛しい思いを込めて残滓も啜め取る。

「ルシエル……早く……俺……ほしいよ……」

理央は恋人に向かって両手を伸ばし、一つに繋がりたいとねだった。

ふわりと体が浮いたかと思うと、理央は向き合う形でルシエルの膝の上に乗せられる。

「も、……我慢、できない……」

「俺もだ。リオ、愛してる」

ルシエルは力任せに理央を抱き締めてから、はだけたバスローブの間から怒張していたそれを、理央の後孔に押し当てた。

「ん……っ」

理央は、硬く熱い肉塊で体の奥まで貫かれる。

ルシエルは艶やかな吐息を漏らし、理央の内部が心地いいことを彼に教えた。

「ルシエル」

滅茶苦茶に動いてくれ。俺を気遣うな。うんとルシエルを感じたい。

その思いを込めて、理央はルシエルの体にしがみつく。

ルシエルの鍛《きた》えられた体に激しく揺さぶられ、理央の心は体よりも先に絶頂《ぜっちょう》を迎えた。

思う存分満たされ、今にも蕩《とろ》けてしまいそうだ。

嬉しくて幸せで、今まで言えなかったことまで言えてしまう。

理央はうわごとのように低く掠れた声で、ルシエルの耳元へ「愛してる」を繰り返す。

ルシエルは嬉しさのあまり、理央の首筋にキスマークでなく歯形を付けた。

「あ」

理央は甘い痛みの刺激で、あっけなく達してしまう。

ルシエルは、くったりと力の抜けた理央を支えながら思う存分彼を貪り、その体をたっぷりと蜜で濡らした。

「……下」

「……殿下」

「……大公殿下」

理央は優しく頬を撫でられ、ゆっくりと目を覚ます。

彼は自分がいる場所がどこなのか分からず、声の主を捜した。

「おはようございます、大公殿下」

目の前には、光り輝くお空の王子様。

理央は無邪気にルシエルに抱きつくと、彼の肩に額を擦りつけて甘えた。

「おはよう、ルシエル」

「外はいい天気だそうです。シャワーを浴びて着替えましょう」

「うん。………へ？　今、なんて言った？」

え……？　何を言ってるんだ？　俺たちは侵入者たちに捕まらないよう、地下のワイン倉庫にいなくちゃならないんだろ？

理央はルシエルの言葉の意味が理解できず、眉間に皺を寄せた。

誰に渡されたのか、ルシエルは古ぼけたランプを持って辺りを照らしていた。

「今……何時?」

「午前六時五十分。リチャードたちは、すでに上に戻っています。私たちが最後」

それって、つまり……彼らは、俺がルシエルに抱《だ》っこされて眠ってる横を通っていったということですか? マジかよ……っ!

気持ちよく血圧が上がり、理央は一気に目を覚ます。

「い、いろんなもの……見られた……」

「ご安心を。私がしっかりとブランケットで大公殿下をくるんでおきました」

「……安心って……さあ。もういいや。みんな知ってることだし。照れて隠す方がバカバカしくなってきた。で? 一体何が起きたんだ? 侵入者は捕まったのか? 本当にみんな無事なのか? というか俺、みんなを守らなくちゃいけないってのに、ぐっすり眠ってましたっ! なんてバカなんだっ!」

大声で嘆く理央に、ルシエルは微笑みを返した。

「とにかく、ここから出ればすべてが理解できるでしょう。立てますか?」

「抱っこ」

理央はルシエルの首に両手を回す。

「大公殿下。朝っぱらから私を欲情させないように。お分かりか?」

ここでまた、昨夜の出来事が繰り返されたら、気持ちよすぎて死んでしまう。

理央は少々不満な表情を浮かべながらも、「お分かりです」と呟いた。

「よろしい。では、失礼します」

ルシエルはひょいと理央を肩に担《かつ》ぎ、軽い足取りで階段を上がった。


あんなに凄い爆発音が響いたのに、リビングの被害は皆無《かいむ》。

逆に、散らばっていたマットレスやクッションが片付けられて綺麗になっていた。

ブランケットのイモムシ状態で、荷物のように肩に担がれた理央を待っていたのは、昨日とは違うディレクターズスーツ姿の友人たち。

みなこざっぱりとした格好で、しかし口元にだらしのない笑みを浮かべている。

全員、いい男が台無しだ。

「おはよう、大公殿下。早くシャワーを浴びてスッキリするといい。ただし、ルシエルに洗ってもらわないように。逆に時間がかかる」

リチャードの意味深な台詞に、理央は耳まで真っ赤にして唸り声を上げた。

一体どうなっているのか、誰か俺にきちんと説明しろっ！

理央はルシエルの肩でもぞもぞと抗議の動きをしたが、彼はバスルームに直行した。

「またあとでねっ！」

オリヴィエの声が背中に掛かったが、どういう意味なのか、理央には分からなかった。


冷え冷えとした地下に一晩いたので、熱い湯が嬉しい。

理央は頭からシャワーを浴びながら、自分たちの無事を実感した。

「リオ」

ルシエルの腕が後ろから絡みついてくる。

「今は何もしない」

「少しぐらいならかまわないだろう？　昨日のように、可愛らしく悶《もだ》えるところを見せてくれ」

「ルシエルさん、我が儘です。ホストが来客を待たせてはいけない。お分かりか？」

「それはもしや、俺の真似か？」

「そうだよ。ずっと一緒にいるんだもんな。ルシエルの癖なんてすぐ覚える」

理央はボディーシャンプーをスポンジに染みこませ、一生懸命泡立たせる。

「なんて可愛いんだ。愛しているぞ、リオ。愛しくて愛しくて、俺はシャワーを浴びるだけでは終わらない」

「もうっ！　触るなってっ！　今はだめっ！　我慢するっ！　よろしいかっ！」

愛してると言ってくれて凄く嬉しい。でも今は、我慢してください。ルシエルさん。

理央はルシエルの腕をそっとすり抜けた。

一緒にシャワーを浴びていろいろなものを洗い流した理央とルシエルは、おはようのキスだけでバスルームから出た。

ルシエルはあれこれとちょっかいをかけたのだが、自分の首筋に歯形が付いているのを発見した理央は、「こんなところに歯形っ！」と怒って、ルシエルの誘いをひたすら無視した。

腰タオル一つでリビングに戻ると、そこには新しいスーツを二着持ったアルファードがいるだけで、友人たちの姿は跡形もない。

「アルファードさんっ！　無事でよかったたっ！　城はどうですか？　みんなは無事ですか？　怪我人がいたら、すぐに病院へ運んでくださいね。費用は俺がすべて負担《ふたん》します」

「お心遣いありがとうございます、リオ様。幸《さいわ》い、全員無事でございます。これもリオ様が大公として努力してくださったおかげです」

アルファードは深く皺が刻まれた顔を嬉しそうに綻ばせた。

「ううん。俺は何もやってない。逆に勉強させられた。みんなが大変な目に遭ったというのに、こんなことを言うのは不謹慎《ふきんしん》だけど、俺は物凄くたくさんのことを勉強した」

「それはようございました。では、着替えていただきましょう。そのお姿で女性の前に出ることはできませんから」

女性……？　あ、ああ。ものの例えだな。うん、分かった。そうだよな。

理央は上機嫌のまま、いそいそと着替えを始めた。

結局理央は、なんの説明もされないままだ。

アルファードは笑みを浮かべたまま、理央のために離れの玄関扉をそっと開ける。

「へ……っ？」

理央は目を丸くして固まった。

彼の目の前には、キャスリン皇太后に母・耀子、マリ女王陛下とローレル公パトリック殿下、そして、マリの腕の中には未来のオーデン王であるジェームズがいた。

友人たちも全員揃っている。その中にはトマスもいた。

彼らは皆、「ハッピーバースデー、リオ」と書かれた風船を持っていた。

後ろの芝生《しばふ》には、鮮やかなシートが幾つも敷かれ、ピクニックの用意がしてある。

「サプラーイズっ！　ハッピーバースデーっ！」

集まった人々は大きな声でそう言うと、手に持っていた風船を離す。

鮮やかな色彩《しきさい》の風船は、オーデンの青い空によく似合った。

「あの……これは一体……なんなんでしょう」

俺たち、夕べは生きるか死ぬかの瀬戸際《せとぎわ》だったんですが……。

理央は助けを求めるようにルシエルを見上げた。

「ですから、昨日からサプライズはずっと続いていたのです」

「……ってことはあの襲撃《しゅうげき》もサプライズ？　ウソだろっ！」

「ウソではありません。あなたに、大公殿下としての自覚を学習させるサプライズ。大公殿下にあるまじき軽率な言動に、最初はどうしてくれようと思いましたが、友人たちのおかげで、終わりよければすべて良し」

「サプライズ……？　友人たちのおかげ……？」

理央は啞然とした表情で、友人たちとルシエルを交互《こうご》に見つめる。

「離れのセキュリティーが一番ゆるいことを、私は以前お聞かせしたはず。あなたはそれを忘れ、且《か》つ、簡単に、各国のセレブリティを招待したでしょう？　私はトマスと電話で話し合い、プランBを遂行《すいこう》したわけです」

「なんだよ……それ」

理央はいろんな意味で目頭《めがしら》が熱くなった。

おまけに目眩《めまい》もする。

彼は友人たちに視線を向け、「全部知ってたのか?」と唇を尖らせた。

「当然だ。知らずに参加していたら、国際問題になっていたぞ、大公殿下」

リチャードは、相変わらず偉そうな物言いだ。

「あのタイミングで、全員の携帯電話が通じなくなったなんて、よく考えたらあり得ないでしょう?」

オリヴィエは、スーツのポケットから携帯電話を取り出して理央に見せる。

「僕はこっちに来てからの参加だったけど、久しぶりにエキサイトしたよ」

「私は演技力に自信がなかったのですが、どうにかバレずに済みました」

ジョーンシーとハインリヒは顔を見合わせて笑い合う。

「このご時世《じせい》に不謹慎なサプライズとは分かっていたが、プランBを遂行しなければならないほど、大公殿下は甘かったということです。これは、いつ本当にご自分の身に降りかかってもおかしくないフィクションなのです。理解されたか?　大公殿下」

ルシエルの冷静な言葉に、理央は「そうだよな」と言いかけて、慌てて顔を上げる。

「みんな……知ってて……、知らないのは俺だけだったのか？　なんだよそれっ！　信じらんないっ！　何考えてんだよっ！　こんなの、誕生日のサプライズでもなんでもないっ！」

理央は大声で怒鳴った後、その場にがっくりと膝をついて項垂れる。

襲撃の何もかもがウソだった。

だが友人たちは、理央のために寒いワイン倉庫で一夜を明かしたのだ。

自分のように、一年半前まで庶民だった人間と違う。生まれたときからのセレブリティが、「友人」として理央の教育に付き合ってくれた。

騙《だま》されたことはとても腹が立つし、不謹慎極《きわ》まりないサプライズだ。

しかし理央は……。

「大公殿下」

「リオ様」

ルシエルとアルファードが駆け寄ろうとしたが、理央はそれを手で制して顔を上げた。

「違う。……具合は悪くない。気が抜けただけだから。よかった。本当によかった。……あの襲撃がウソでよかった。誰も怪我しなくてよかった。友達が……みんな無事でよかった。頼りない大公でごめん。でも俺、友達からいっぱいいろんなことを習った。みんな、本当にありがとう。俺を、本当の『シルヴァンサー大公』にしてくれてありがとう」

理央はゆっくり立ち上がると、友人たちに深々と頭を下げる。

「大公殿下」

ハミードが一歩前に出て、理央の手にビデオテープを渡した。

「これ……っ！」

「大事なサプライズプレゼントだ。もうどこかに置き忘れたりしちゃだめだよ」

「はいっ！」

「父は今でもよく、若かりし頃のヘンリー王の話を私にしてくれるんだ。その話に出てくるヘンリー王は、今の君にとてもよく性格が似ていた。ヘンリー王は国民にとても慕《した》われていただろう？　だから、王の若い頃とよく似ている君も、きっと……いい大公になれる」

　理央はビデオテープを両手で抱き、ハミードの言葉を胸に刻む。

「ありがとう。俺、これからも頑張る」

「現状維持でいいからね」

　ハミードはチャーミングなウインクをすると、理央の肩を叩いて激励《げきれい》した。

「さてっ！　最後の特大サプライズが終わったところで、これから朝食ピクニックです。シルヴァンサー城の料理長が、用意してくれました」

　トマスが手を叩きながら、彼らをピクニックシートへと誘う。

　理央はルシエルに「母さんたちに、これの中身を教えてくる」と言って、王室一家の元に走った。

「もう、何やってんのよ、おバカさんっ！」「あんたは相変わらずねえ」と、姉や母の苦笑混じりの声が理央を迎える。

キャスリン皇太后は「これぐらいの『大事件』は必要なのよ」と笑って理央の頭を撫で、ジェームズを抱いたパトリックは、「災難だったね」とため息混じりに呟く。

「ごくろうさんでした」

トマスは小走りにルシエルに近づくと、満足げな笑みを浮かべた。

「まったくだ。派手《はで》な効果音を鳴らしやがって。あの音には、俺も最初驚いたぞ」

ルシエルは眉間に皺を寄せ、従弟の胸を拳で軽く叩く。

「だって、真《しん》に迫《せま》ってないとみんなだって演技しづらいと思って」

「あいつらは『素』だったぞ、『素』。リチャードなど、あやうく大公殿下を泣かせるところだった」

「うひゃー。リチャードには、リオちゃんをあんまり苛めないでねって言っておいたんだけどなあ」

「大公殿下のふわんとした大公っぷりを見て、ヤツなりの正義感が芽生《めば》えたんだろう。周りがフォローしてくれたから、いい方向へ向いた」

「そうだな。俺も大公殿下があんな風に変わってくれるとは思わなかった。本当によかった」

「根が素直で純真だからな。そしていつでもどこでも愛らしい。これからは俺が最後の仕上げをして、最高の大公殿下にしてやる」

ルシエルの物騒な微笑みに、トマスは肩を竦めた。

「じゃあ俺は、ハインリヒのところに戻るよ」

「トマス、ちょっと待て」

「ん？　なんだよ」

「バレた」

ルシエルのその一言に、トマスの顔が徐々に引きつっていく。

バレた。

つまり、トマスとハインリヒの秘密の関係が、公になったということ。

「だ、だ、誰に？　どうして？」

「ハインリヒがお前のことばかり話すのを、オリヴィエがからかったんだ。そしたらハインリヒは顔を真っ赤にして怒ってな」

「あー……ということは、他のやつらにもバレたってことだよな？」

「俺以外の全員が、その場にいたからな。俺は大公殿下から聞いた。大公殿下が分かったぐらいだから、みな知っているだろう」

「俺……殺される。ドイツ大使に殺される……。メッサーシュミットを操縦して、俺の屋敷を破壊しにくるんだ」

「バカ。一体いつの時代の戦闘機だ。それにドイツ大使は、空軍を退役して十年。現役パイロットのころならいざ知らず、今は操縦の腕も落ちているだろうから安心しろ」

ルシエルは、あまり慰《なぐさ》めにならないことを言ってトマスの肩を叩いた。

「からかわれはするだろうが、あいつらは口が堅《かた》い。他に漏れることはないだろう」

「んー……」

トマスは微妙にテンションを下げて、ハインリヒの元に向かう。

ルシエルは、家族の輪に入って楽しく話をしている理央へ優しい視線を向けたあと、友人たちのもとへ足を向けた。


誕生日のサプライズパーティーから早《はや》一週間。

理央は友人たちと離れる前に、メールアドレスと携帯電話のナンバーを交換し合った。

オリヴィエはちょくちょく電話を寄越しては、理央の傍にいるルシエルに怒られて電話を切られている。他の友人たちとはメールでやりとりするようになった。

みなで待ち合わせて、チャットをすることもある。

また彼は、護衛とともに大学へ行き、護衛とともに屋敷に帰ってくることを苦《く》に思わなくなった。

遊びに行くのも、カフェに寄るのも、彼らを巻き込んでしまえばいい。

実行に移すのはたやすかった。

ルシエルも、護衛が傍にいるならと、大抵《たいてい》のことは許してくれる。

最初は「えー？　ちょっと……」と思っていた大学の友人たちも、二日もすれば護衛に慣れ、気軽に話をするようになった。

護衛たちも、困惑しつつ楽しんでいるようだ。


理央はいつものように大学から戻ると、着替えを済ませてアルファードの用意したお茶と菓子を食べる。

今日は部屋でフランス語の勉強ではなく、楽しい乗馬のレッスンなので、気が焦って紅茶で何度もむせた。

それでもどうにかフィナンシェ二つを口に押し込み、乗馬服に着替えて馬房《ばぼう》に向かう。

「アレックスっ！　こんなに明るいうちからお前に乗れるなんて久しぶりだな。今日はきっと、遠乗りできるぞ？」

オーデンに来た当初、馬が怖いとビビっていたのはどこの誰だったのか。

理央はアレックスの太い首に両手を回し、よしよしと撫でてやる。

アレックスはお返しに、理央の髪をはんで毛繕《けづくろ》いした。

「待ってろ。今、外に出る用意をしてやるからな。あ、サーシャもだぞ？　もう少ししたらルシエルが来るから、少しだけ待っててくれ」

顔をこちらに向けていたサーシャは、理央の言葉を理解したように首を上下に振る。

はみを噛ませることも、鞍《くら》をつけることも、理央はもう一人ですべてできる。

ひとえにルシエルの指導のおかげだ。

「もっとうまくお前に乗れるようになったら、俺も父さんみたいにオリンピックに行けるかな？　メダルを取るのは並大抵《なみたいてい》の努力じゃすまないだろうけど、入賞ぐらいはしたいよなあ……」

「何を弱気な。オリンピックに出場するなら、メダルは取っていただく」

ああ、この容赦ない声。ロッテンマイヤーは、相変わらず厳しいです。

理央は苦笑を浮かべて馬房の入り口を振り返った。

乗馬服のルシエルは、微笑みを浮かべて理央の元へ向かう。

「今日は馬上でフランス語。よろしいか？」

「へ？」

「聞こえませんでしたか？　馬上で、フランス語。リスニングを中心に」

理央はアレックスの首に顔を押しつけ、低く呻いた。

「せっかく覚えた英語を忘れそう」

「ご安心を。英語も引き続き学習していただく。もっと優雅に洗練された言葉遣いを覚えていただかなくては。リチャードに笑われます」

「未来の公爵になら、笑われてもいい」

「何を言われるか。私があなたを、立派な大公にして差し上げる。さあ、私が嫉妬しないうちにアレックスから離れなさい」

あ、今の台詞は、なんか可愛い。

理央はアレックスから離れ、まじまじとルシエルの顔を見上げた。

「どうされた？」

「今のルシエル、可愛いなって」

「大公殿下の方が、何百倍も愛らしい」

「だから、どこがどんな風に可愛いんだ？　俺に分かるように言ってくれ」

ルシエルはじっと理央を見つめ、短く頷く。

「存在すべてが愛らしい」

「………へ？」

「大公殿下のすべてが愛らしいのです。ご自分で分かりませんか?」

そんなの……分かりますかっ!

理央は心の中で気持ちよくシャウトする。

真顔《まがお》で言われると、未だにどう接していいか分からない。

理央は照れ臭そうに視線を逸らすと、アレックスの手綱を取って馬房から外へと出した。


この周辺は落葉樹《らくようじゅ》が多く、地面には、何日も続けてたき火ができそうなほど葉が落ちていた。

二頭の馬の蹄《ひづめ》が落ち葉を踏みしめるサクサクという音は、どこか食欲を湧《わ》かせる。

ここに来るまで延々とルシエルのフランス語を聞かされた理央は、何の罪もないオリヴィエが憎たらしくなった。

「はあ……」

「どうされた? 耳が疲れたのなら、少し休みましょう」

「お願いします。英語でしゃべって」

あんなに英語に苦しんだ自分が、まさかこういうことを言う日がくるとは思ってもみなかった。

理央は自分の台詞に感動すると、アレックスから降りる。

「松林じゃないから……マツタケはないか」

その代わり、木の実がたくさん落ちていた。

きっとリスやネズミが食べに来るのだろう。

そう思った理央の視界に、茶色くてフワフワしたものが映った。

「静かに。ウサギです」

いつの間にかルシエルが隣に来て、理央の肩をそっと抱いた。

「可愛いなあ」

「旨そうだ」

理央とルシエルの声が重なり、理央は頬を引きつらせる。

たしかに、可愛いものと美味しいものはイコールで繋がりやすい。

そして理央も水族館に行くたび、水槽の中を颯爽《さっそう》と泳ぐ魚の群れを「旨そう」と思っていた。

しかし今は、銃で狙《ねら》ったりせずに、ウサギの可愛い姿を観察していたい。

「冗談です。この私が、大公殿下が嫌がることをするとお思いか」

またそういう……キザなことを。恥ずかしいじゃないか。

理央はポッと頬を染めたまま、ひょこひょこと去っていくウサギを見つめた。

「ああそうだ。ハミード王子から戴いたビデオテープですが、画像処理が終了したそうです。

近々、別媒体《ばいたい》でお渡しできるかと」

「そっか。よかった……。キャシーおばあちゃんと母さんと姉さんにあげたいんだ」

誕生日の翌日、理央は護衛と共に王宮を訪れ、孫の世話をするために王宮に移っていた母と、女王陛下である姉、そしてキャスリン皇太后の三人に、プレゼントされたビデオを見せた。

三人は最初から最後まで泣き通しで、こんな素晴らしいビデオを譲ってくれたカトゥールの王と王子に、何かお返しをしなければと真剣に考えている。

「なあルシエル。俺って、父さんによく似てる？」

「何を今更《いまさら》。よく似ておいでだ」

「声は？」

「声も似てますよ」

「うん。……俺、父さんみたいになれるかなあ」

「大公殿下」

ルシエルは理央を抱き寄せ、彼の顔を見つめて微笑む。

「そんな心配はまったく無用です。あなたは立派な大公になる。ハミード王子もそう言ってくれたではありませんか。私がずっと傍にいます」

「ルシエルの教えを守るよ、俺」

これじゃロッテンマイヤーとハイジじゃなくて、「ルシエル教」の教祖《きょうそ》と信者だ。でもまあいいか、信者は俺一人だし。

　理央はルシエルの頰を指先でそっと撫でる。

「大公殿下」

「ん？」

「キスをする前に、大公殿下にお渡ししたいものが一つ」

ルシエルはジャケットの内ポケットに手を入れると、小さくて薄っぺらい箱を取り出した。

深紅《しんく》の包装紙に金糸《きんし》の細いリボン。

中にいったい何が入っているのか、理央は皆目《かいもく》見当がつかない。

「開けてみていいか？」

「どうぞ」

理央は箱を受け取ると、丁寧にリボンと包装紙を外した。

もしやこれは。

薄くて小さいが、立派な作りの、黒色の化粧箱。

蓋《ふた》には、金で制作者の刻印《こくいん》が施《ほどこ》されている。

オーデンで、一番有名な彫金師《ちょうきんし》の刻印だ。

理央は大学で、同じ彫金師の指輪を婚約指輪にもらった女性を知っている。

よほど嬉しかったのか、彼女は教授にまで見せて回っていた。

そのついでに、理央も見せてもらったのだ。

「ルシエル……?」

「さあ、中を見て」

「う、うん……」

理央はリボンと包装紙をジャケットのポケットに突っ込むと、恐る恐る蓋を開ける。

中には、欧米人の男性の首には少々華奢だが、理央の首には丁度いい太さのペンダントが入っていた。

ルシエルの髪の色にも似た、プラチナの輝き。

ペンダントトップは細く薄いプレートで、ひっくり返してみると文字が打ち込まれている。

「英語だ。ええと……『to R、私はあなたの武器、あなたは私の愛』」

理央は丁寧に最後まで読んだ。

キザだが、ルシエルが言うならこれ以上ないほど似合う言葉。

そして耳まで真っ赤になる。

落ち葉ばかりの林で、理央だけが紅葉《こうよう》していた。

「このアールって、理央のアールだよな?」

「ええ。名前をそのまま打ってもらうわけにはいかなかったので、こうなりました」

秘密の恋人だからそれはそれでオーケー。

理央はケースからネックレスを取り出すと、晩秋の日差しにかざす。

「ああ、綺麗だ。ルシエルの髪と同じ色……。ありがとう。凄く嬉しい。ずっと着ける」

「本当なら、誕生日の当日に渡せるはずだったのですが、完成までに時間が掛かってしまいました。申し訳ありません」

理央は首を左右に振って、泣きそうな顔で笑う。

「なんで謝るんだ？　俺はこんなに嬉しいのに。ルシエルから、こんな素敵なものをもらえるなんて思ってなかった。初めて……ルシエルからプレゼントをもらった」

「大公殿下が、ご自分の立場をしっかりと学習した記念ですから」

「うん。……この言葉、ワイン倉庫でルシエルが俺に言った言葉だ」

私はあなたの武器。ルシエルは理央にそう呟いた。

「その言葉は一生変わりません。私はあなたの楯になる。刃《やいば》になる。あなたを傷つける者は、誰一人として許さない」

重い言葉だ。

けれど、最高に愛しい重み。

理央はルシエルの言葉に見合った言葉を見つけられずに、彼を見つめたまま涙ぐむ。

「リオ」

「は、はい……」

「俺のために生まれてきてくれてありがとう」

「お、俺も……俺もっ！　ルシエルがオーデンにいてくれて、凄く嬉しい。ルシエルに会えなかったら……俺はきっといつまで経っても『オマケの王子様』のままだった」

ルシエルが微笑みながら両手を広げる。

ここへおいで。

理央はゆっくりとルシエルの胸に納《おさ》まる。

「あ、愛してる。俺、ルシエルのこと、愛してる」

「俺もだ。可愛いリオ、絶対に、何があっても離さない」

ルシエルは力任せに理央を抱き締め、彼の黒髪に優しいキスを繰り返す。

「こ、ここ……には？」

理央は涙で潤んだ瞳でルシエルを見上げ、自分の指を唇に押しあてた。

「これからする」

理央はそっと目を閉じ、ルシエルのキスを待つ。

ふわりと、花びらのような優しい何かが理央の唇に触れた。

彼が、それがルシエルの唇だと気づく頃には、二人のキスは貪るような激しいものへと変化していた。

抱き締め合ってキスをしているだけなのに、下肢は瞬くまに昂《たか》ぶり、愛しい相手の愛撫がなければ収まらなくなる。

彼らは下肢の昂ぶりを強く押しつけ合いながら、いつしか落ち葉に横たわった。

声を堪えなくてもいいのに、二人とも何も言わない。

理央は握り締めていたペンダントをルシエルに差し出し、つけてくれと無言でねだる。

ルシエルは喜んで受け取り、理央の首を淡い輝きで飾った。

そして再びキスを交わす。

落ち葉が耳障《みみざわ》りな音を立てるが、欲情した二人の吐息を消すことはできない。

繁殖《はんしょく》を目的とした獣のように、二人はだらしなく服を脱いで手足を絡めた。

「あ、あ……っ……」

理央は自ら腰を揺らして、自分の雄でルシエルの雄を愛撫する。

二人の蜜が溢れて混ざり、一つになって流れ落ちる。

「どうしよう……俺……っ……」

技巧も何も無視した動きなのに、理央の体は快感の濁流《だくりゅう》に呑み込まれた。

それはルシエルも同じようで、嚙み付くようなキスを繰り返しながら理央の腰を乱暴にすくい上げる。

「あ、だめだ……もうだめ……俺……キスだけで………っ」

理央はルシエルの首に手を回し、彼の髪を両手で掻き回しながら口腔への愛撫に夢中になる。

舌を絡め、甘噛みし、強く吸う。

まるで雄への愛撫と同じ動き。

こんな風に責められたら、ほんの少しも我慢できない。

「んん、ん……ぅっ！」

強く舌を吸われた理央は、彼に貫かれる前に体を震わせて蜜を放った。

ルシエルも、自分の雄が理央の後孔に触れた途端に達する。

キスだけで達してしまったことの気恥ずかしさよりも、満たされていればキスだけでも充分なのだと二人は知る。

「もう一度」

ルシエルが低く笑いながら理央に囁いた。

「ん。俺も……」

体をぴったりと押しつけてキスをする。

二人分の蜜で濡れた彼らの股間はすぐに熱を帯《お》び、落ち葉で満ちた林の中に獣のような喘ぎ声が響いた。

二人が互いに夢中になっている間に勝手に遊びに行ってしまったアレックスとサーシャを探すのに、二時間も掛かった。

ルシエルと理央は、自分たちのバカさ加減に、顔を見合わせて笑う。

「俺は今日、ケダモノの意味を初めて知った」

ようやく城に戻った理央は、ベッドの上に寝転がってため息をつく。

服はクリーニング、体はシャワー。

今はフローラルなボディーシャンプーの香りを漂わせたバスローブ姿だ。

「夕飯……食べたいけど眠い」

ここにルシエルがいれば、「だらしない」と叱ってくれただろうが、彼も自分の部屋でシャワーを終えて、一息ついているところだろう。

理央はペンダントトップを指で弄びながら、切ない吐息を漏らす。

「でも……腹減った」

理央はベッドの中でゴロゴロと体を転がした。

そのとき、ドアが二回ノックされる。

「はい、どうぞ」

ドアを開けて入ってきたのはアルファードで、彼の手には二通の封筒が置かれた銀のトレイが乗せられていた。

「失礼します、リオ様。つい先ほど、カトゥール大使館からリオ様とルシエル様にお手紙が届きました」

「カトゥール大使館から？　なんだろう。ちょっと開けてみる」

理央はベッドから勢いよく飛び降りると、デスクからペーパーナイフを持ってくる。

アルファードが差し出した手紙の封をペーパーナイフで切ると、丁寧に中身を取り出した。

「ハミードからの招待状だっ！」

理央の大声に誘われるように、ルシエルがノックもせずに理央の部屋に入ってきた。

「ルシエル様、お行儀《ぎょうぎ》が悪うございます」

「さっき、トマスから私のところに電話が来たんだ。ハミードが結婚するらしい」

ルシエルはシャツにスラックスというカジュアルな格好だが、シャツのボタンはちゃんと留まっていなかった。

「うん。俺たち二人に招待状が来た。トマスさんも一緒だろ？　今度はカトゥールで、みんな大集合か？　なんか、物凄く騒がしくなりそうな予感」

理央は、封筒を受け取ったルシエルにペーパーナイフを渡しながら、砂漠とラクダに思いを馳せる。

「ああ……本当だ。ハミードが結婚か……。あいつ、そんなことは一言も言ってなかったぞ」

「だってルシエル、言ったら最後、みんなに延々とからかわれるのがオチだから」

理央の言うことはもっともだった。

アルファードも深く頷いている。

「しかしその前に、大公殿下にはクリアしなければならない問題が山ほどあります」

ルシエルのロッテンマイヤーボイスに、理央は神妙な表情を浮かべた。

「英語フランス語に加えて、アラビア語の日常会話も学習しましょう」

なんですか、それっ！

理央はアルファードに助けを求めたが、家令執事はにっこり笑って「よろしいかと思います」と言う。

「ひどい、アルファードさん」

「リオ様。亡きヘンリー陛下は、もっとご苦労されたのですよ？」

「でも……っ」

「亡きヘンリー陛下と友情を培《つちか》ったカトゥールのサイード国王陛下ともお会いになるでしょう。そのとき、アラビア語でお話ができたら、サイード陛下はさぞかしお喜びになると思います」

そうか。……父さんと凄く仲のよかった人なんだよな、カトゥールの王様って。だったら、俺も喜んでもらいたい。そして、父さんの若かった頃の話をいろいろ聞きたい。

理央は真剣な表情でルシエルを見上げた。

「一つ提案があります。語学の勉強は、英語一〇パーセント、フランス語一〇パーセント、アラビア語八〇パーセントでやっていただけませんか、ルシエル先生」

ハミードの結婚式まであと三ヶ月。

自分の頭の程度が試される三ヶ月だが、理央は短期集中でアラビア語を学習しようと考えた。

「私も、実はアラビア語はどうにか日常会話ができるというギリギリのラインです。分かりました、大公殿下。こうなったら、二人でアラビア語をマスターしましょう。トマスを巻き込むのもいいかもしれません」

ルシエルはすみれ色の瞳を輝かせて、右手で拳を作った。

あ。俺……ロッテンマイヤーさんの「何か」に、エネルギーを注入《ちゅうにゅう》してしまったかも。

理央は心の中でこっそり思ったが、これでよしとした。

教師役でないルシエルも、きっと新鮮で楽しい。

「お二人とも、もしよろしければ、私がアラビア語を教えて差し上げましょうか？」

理央だけでなくルシエルも目を丸くした。

アルファードは穏やかな笑みを浮かべたまま、コラーンの一節《いっせつ》を流暢なアラビア語で暗唱する。

理央の部屋の中が、一気にアラビアンナイトの世界になった。

「な、な、何？　凄く不思議な歌。気持ちよくて眠っちゃいそう。凄い、凄いよ、アルファードさんっ！」

「完敗だ、アルファード。私はそこまで美しい発音ではない」

理央は手を叩いて褒め称え、ルシエルは素直に負けを認める。

「一体いつ勉強したんですか？」

「亡きヘンリー陛下のご厚意《こうい》で」

多分それ……厚意というより、父さんは一人で勉強するのが大変だったから、アルファードさんを巻き込んだのではないかと。

ハミードが言ったように自分と若い頃の父の性格がよく似ているのなら、理央の思ったことはほぼ正解だ。

理央は、父とアルファードが二人仲良く勉強している姿を想像し、唇をほころばせる。

「ではアルファード、よろしくお願いする」

「はい。いつからでも構いませんので、日程が決まりましたら教えてくださいませ。ああ、夕食は、三十分後です」

アルファードはそう言って、理央の部屋から出て行った。

「さすがはキングメーカー。侮《あなど》りがたし」

ルシエルは招待状を丁寧に封筒に入れると、ヨシヨシと理央の頭を撫でる。

「ん？」

「勉強に関しての提案は、正しいと思います」

「ちゃんと考えましたから、ルシエル先生」

「これからも、この調子で難問を解決していっていただきたい」

大丈夫。ルシエルがずっと傍にいるから。だから俺はどこまでだって頑張れる。

理央はルシエルを見つめて「えへへ」と照れ臭そうに笑う。

「大公殿下の傍には、いつも私がいる。それを忘れずに。そして、頑張るのもほどほどに。息切れしそうなときは、いつでも私にもたれなさい。お分かりか？」

ルシエルの優しい声。

好きなときに勝手にもたれるぞ？　俺だって、ルシエルを振り回せるんだからな？　覚悟してくれ。

理央は深く頷くと、自信たっぷりに答えた。

「お分かりです」

あとがき

はじめまして&こんにちは、高月まつりです。

お久しぶりの「リオ王子様」の二作目です。

前作が二〇〇五年の秋だったので……二年ぶりぐらいでしょうか。

「続きはあるの?」と問い合わせてくださった方、ありがとうございます。無事、出ました。


今回のリオちゃんは、大公様として頑張りました。一般人から王室の人間になって一年半ぐらいのヒヨコ大公様なので、いろんなところが甘かった。

でも今回の話は、リオが自分の立場をしっかり把握するというものなので、甘さもかなり控えめになったのではないかと思います。(作中に発生する事件は、リアルな事件を想像させないよう知恵絞りました)

そしてまた、ルシエルも頑張りました。

書きたい書きたいと思っていた「お空の王子様」が書けて嬉しい〜。

でも怖い、デスサイズ。

基地にいるシーンはあまり長くないのですが、アレコレ必死にネットで検索しました。

ルシエルの愛機は何にしようというところから始めたので……。

「戦闘機って、いっぱい種類があってよく分かんないよー。どーするよー。……うーん、あ、この名前好き。そうかなるほど、ヨーロッパの数カ国で開発か。だったらこれにしよう。単座と複座の二種類ある。そうかなるほど、リオちゃんを乗せるときに複座を使えばいいじゃん」

……っつー簡単な理由で、ユーロファイタータイフーンに。

オーデン空軍のモデルというかイメージは、イギリス空軍にお願いしました。

行きました公式サイト。

当然ですが、全部英語……（涙）。

「ちょっと、階級章って英語でなんて言うのよ」と、モニターに向かって文句をいう私。

いろいろとアホ丸出しででした。

一番苦労して捜し出したのが「略綬」です。アレですアレ、軍服の左胸にある、フルカラーモザイク（酷い喩え）の、長方形型ワッペン。ヘタ絵でも、描ければ「コレなのよ」と説明できるのに、それを表す単語が分からない。もどかしいことこの上なし。

たった一回しか出てこない単語なのに、捜し出せなくてさ……。

バカみたいだけど必死になってネットで捜したんだ……。

そうそう。

ルシエルのロッテンマイヤーぶりは健在ですが、初稿では、実はすごく甘くなってました。

……というか、リオを甘やかしすぎでだめでした。

私の書く攻めの中では、ルシエルは常識人カテゴリに入っているはずなのに、書いていくうちになんだか微妙な方向へ行ってしまったような気がします。

でもまだ……大丈夫かな？

「電デレ（好きな相手に電波発言&デレデレ／私の造語）」にはなってないと思うんですが。

担当さんが、「やっぱアレですね。外国人だと、愛の言葉がスラスラ出てきますねえ」と言っていたのが印象に残ってます。

ルシエルの愛の言葉は、私も書いてて楽しかったです。

リオがそれに、照れたり感心したりするところを書くのも楽しかった。


オーデンの場所ですが、フランスさんに土地を分けてもらいました。

ご飯の美味しい国でよかったです（笑）。

大昔、海の向こうからイギリスさんがやってきても、ご飯の美味しさは死守しました。


そして今回、大量の外国人キャラが登場しました。

全員カタカナ名前。お国柄の突っ込み系会話は凄く楽しかったのですが、やりすぎないように気をつけました。その……私はどうでもいいシーンをやりすぎてしまうので……。Hの発音ができないオリヴィエは、ハインリヒとハミード王子を「アイン」「アミード」と呼んで、きっとわざと無視されていたと思います。

そして。私、外国人キャラとして初めて中東の王子様を書きました。ハミード王子。こうじまさんが描いてくれたハミードキャラララフが死ぬほど素敵で、担当さんに「こうじまさんの髭キャラ、格好良すぎぎっ！」と叫びました。ああ、褐色の貴公子。

また、リチャードとルシエルが並ぶと、ダブルロッテンマイヤー。怖くて誰も近寄れない。リオちゃん涙目です（笑）。トマスのお相手も、登場しました。ハインリヒ君。ジョーンシーは弄られキャラとして登場。みな立派な成人男性なのに、集まって話をすると女子高生。きっと「キャーっ！」って黄色い悲鳴を上げても似合うはず。

個人的に、是非とも雇いたい家令執事のアルファードさん。本来のキングメーカーとは意味が違うけど、どうしてもその肩書きを付けたかったアルファードさん。凄く好きです。

実は、妻と共にシルヴァンサー城で働いてます。跡継ぎの息子は、外国の大学で猛勉強中。きっと将来、素敵なキングメーカーになってくれるでしょう。


前作に引き続きイラストを描いてくださったこうじま奈月さん、ありがとうございます！

今回のルシエルは軍服〜。クールビューティーの軍服、最高。ひゃっほう！

リオちゃんも可愛い。本当にありがとうございました。


次はルシエルに女装でもさせるか。凶悪メイドなんてどうですか？

あ、嘘です。攻めの女装が好きなのは私だけです。ごめんなさい。


ではでは。最後まで読んでくださってありがとうございます。

次回作でお会いできれば幸いです。

高月まつり

挿絵を担当させて頂いた
こうじま奈月です。
また、続きが読めて嬉しいです。
今回のお話は、色々な国の
セレブが沢山でてきてて
素敵です♥ いつもの事ながら
作家さんや読んでいる
読者さんのイメージを
崩していない事を
願います。;
それでは
失礼しました。

Naduki Koujima
2007.

ダリア文庫をお買い上げいただきましてありがとうございます。
この本を読んでのご意見・ご感想・ファンレターをお待ちしております。

〈あて先〉
〒173-0021　東京都板橋区弥生町78-3
(株)フロンティアワークス　ダリア編集部
感想係、または「高月まつり先生」「こうじま奈月先生」係

❋初出一覧❋
がんばる王子様♥・・・・・・・・・書き下ろし

がんばる王子様♥

2007年10月20日　第一刷発行

著者	高月まつり
発行者	藤井春彦
発行所	株式会社フロンティアワークス 〒173-0021　東京都板橋区弥生町78-3 営業　TEL 03-3972-0346　FAX 03-3972-0344 編集　TEL 03-3972-1445
印刷所	大日本印刷株式会社